COBALT-SERIES

今日も魔女を憎めない

思惑だらけのロイヤルウェディング

時本紗羽

集英社

今日も魔女を憎めない

Contents

ゼロサム

エスティードの国王。魔女に呪いをかけられたため、外見は18歳のままになってしまった。

シエラ

18歳の少女の姿をしているが、
実は齢300を超える魔女。
小国エスティードを支配していると言われている。

フランシス

エスティードの東にある国の第三王子。

ハイネ

エスティードの第一王女にして騎士。18歳。

今日も魔女を憎めない

Characters

イラスト／藤　未都也

今日も魔女を憎めない

思惑だらけのロイヤルウェディング

プロローグ　～魔女の言い伝え

昔々、大陸には不老不死の魔女がおりました。その魔女は齢《よわい》十八歳の少女の外見をしていましたが、実年齢は三百歳を超える、誇《ほこ》り高き魔女でした。

ある日魔女が小国に乗り込み、城を乗っ取ってしまいました。一夜にして山を焼き払えるほど、強大な力を持つ魔女。恐れた王様は彼女の言うことを何でも聞き入れ、ついには魔女の望みに従《したが》い、彼女を自分の息子の妻としたのです。

その後。王子は国王となり、魔女は小国の王妃となりました。国民は嘆《なげ》きました。

魔女は自分の夫である国王に呪いをかけ、国王も不老不死の体となりました。

国民はもっと嘆きました。

1. 他国の第三王子が見聞きしたことには　～フランシス王子の好奇心

大陸の最西端には『エスティード』という国がある。

だだっぴろい平野を馬車が走る。ガタゴトと揺れる馬車の中で、華やかで見目の良い、切れ長の目をしたブロンドヘアの青年と、その従者である壮年《そうねん》の眼鏡の男が話をしている。

「……十八歳？」

「ええ、そうです。これからあなたが謁見《えっけん》されるエスティードの国王は、十八歳です」

〝それくらい勉強しておいてください〟と、従者は小さな声で非難する。彼はよく悪態をつく。

「どういうことだ？　先代が早々に亡くなったのか？」

「まぁ、亡くなったのはだいぶ前ですね。先代国王のダンヴェルトが亡くなったのはもう二十年近く前のことです」

「うん……？」

計算が合わない。二十年前に亡くなった国王の息子が、まだ十八歳とは。

ブロンドヘアの男は指折り数えるが、果たしてそれはどういう事情だろうか？　さっぱりわからない。

「実の子ではないのか」

「いいえ。国王ゼロサムはダンヴェルトの実子ですよ。……フランシス様。あなた本当に何も知らずにここに来たんですね？」

フランシスと呼ばれたブロンドヘアの男は、東にある国『マスカルヴィア』の第三王子であった。彼は従者の非難を右から左へと聞き流す。そんな彼の素振りに呆《あき》れ、従者は説明を続ける。

「ゼロサムの妃《きさき》は、かの有名な『至高の魔女』です」

「至高の魔女……」

フランシスはエスティード国の事情をよく知らなかったが、その魔女のことだけは知っていた。大陸で生きる者ならば誰でもその存在を耳にしたことがある。時におとぎ話のように語られるその存在。

〝――大陸の西には魔女がいる。不老不死の体を持つ魔女は、その権限をもって永遠の命を人間に与えることができる。しかし魔女は気まぐれで、永遠の命を欲する民衆には見向きもせず、彼らを冷たい熱で焼き尽くす――〟

「不老不死の魔女を妃にしたというのか」

フランシスの問いに、従者はしみじみとした様子で答える。

「そうです。ただ、〝妃にした〟と言うよりは……〝妃にさせられた〟と言うほうが正しいのでしょうな。なんせ魔女はエスティードに現れた頃、一夜にして山を焼き尽くしています。国王は魔女の力に恐れをなし、彼女の言いなりだという話です。呪いをかけられて、国王もまた歳《とし》をとらず、その姿は十八歳の当時のままなのだと」

「ふーん……。魔女は妃になりたかったのか？」

「どうでしょう？　エスティードの王妃になることが、それほど魅力的なことだとは思えません。小国のことですよ。確かなことは何もわからない。だから怖いのです」

「……至高の魔女に呪われた国王か」

父親の命令で、面倒ながら渋々この任を引き受けたフランシスだったが、ことのほか特殊な謁見だということに興味をそそられていた。対して従者は、先ほどからため息ばかり。

「至高の魔女のことさえなければ、エスティードは取るに足らない小国です。あなたのお父様も、魔女の機嫌はとっておきたいからと贈り物をあなたに託《たく》したのでしょう」

「その魔女も、十八歳の姿なのか？」

「ええ、不老不死ですからね。筆舌《ひつぜつ》に尽くしがたい、絶世の美女だという噂《うわさ》です」

「ほう……」

フランシスの鼻の下がわかりやすく伸びる。

「……言っておきますがね、フランシス様」

従者は冷ややかな視線を送りながら、諭《さと》す。

「魔女とは会えませんよ」

「なぜだ。謁見では王座に通してもらえるのだろう？」

フランシスは目に見えて不機嫌になった。従者もフランシスのあからさまな態度に呆れ果てる。

「ええ、国王には会えますよ、もちろん。でも魔女には会えません。魔女は滅多なことがない限り、塔《とう》の上にある自室から出てこないと言います」

「……ラプンツェルのようだな」

「さぁ。もう間もなくエスティードですよ」

馬車がエスティード国内に踏み込んだ。

魔女が牛耳《ぎゅうじ》る国だというから、どんな雰囲気かと思っていたら。城下には活気があった。煉《れん》瓦《が》造りの家屋に市場、広場では大道芸人を囲んで人だかりができている。

馬車の外を流れていく景色だけではわからないことも多いだろう。それでもこの国が、特に大きな問題を抱えているようには見えなかった。

城に着くなり門番のチェックを受け、通行証が本物だと認められると、フランシスと従者は城内へと招かれる。見かけこそ大きく荘厳な城であったが、中は意外と質素な造りをしていた。装飾は申し訳程度で、豪奢《ごうしゃ》なシャンデリアも価値ある絵画も置いていない。

それで、益々《ますます》わからなくなる。ここで暮らす魔女のことも、呪われてしまった王のことも。

そんな存在がどちらもここで生活している様子が想像できず、すべて従者の作り話ではないかと疑う。

もし作り話だったらどうしてくれよう……。そんなことを考えながら王座へと向かう途中、進行方向から歩いてくる姿に心奪われた。

女だ。大陸の人間にしては珍しい灰色の髪が、肩までの長さに切り揃《そろ》えられている。意志の強そうな青碧《せいへき》の瞳《ひとみ》が印象的。その女は、フランシスを見るなり目を見開いて立ち止まった。

「……アレン？」

「え？」

アレン、とその女はフランシスに呼びかけてきた。小さな唇《くちびる》から言葉をこぼし、不意に見せたあどけない表情で見つめてくる。

戸惑《とまど》いながら返事をした。

「えぇっと……。アレンとは？　私は、フランシスというのですが……」

フランシスが困惑を態度で示すと、女はハッと我に返り、あどけない表情がきりっと切り替わる。「失礼」と綺麗《きれい》に一礼して去って行った。フランシスは女の背中を目で追う。

「……美しいな。あの装《よそお》いは、女騎士か？」

「……まあ、正解です。あの方は、エスティードの第一王女ハイネ様です」

「王女⁉　王女が戦うのかこの国は」

「この国は、不思議なことが多いのですよ」

「へぇ……」

作り話の可能性……と頭によぎりながらも、すれ違った女への興味が打ち勝ち、質問が出る。

「あの王女も、歳をとらないんだろうか」

「いいえ、王女様は魔女の娘ではありません」

「え？」

「ハイネ様は、国王と側室のご息女です」

「そうなのか……？　側室なんて、魔女は許したのか」

「国王の愛や、二人の子どもといったことには興味がないのかもしれませんね」

「ふぅん……」

どうであっても自分には関係ないことだったが、異色なこの王室はフランシスにとって興味深かった。好奇心で目を光らせるフランシスを見て、従者は不安のため息をつく。

「じきに謁見ですが、決して粗相《そそう》のないように」

「わかってるよ」

「滅多なことも質問してはいけませんからね」

「わかってるって」

従者が口うるさく言うのは、フランシスの返事が口だけだとわかっているからだ。ただただこの後の謁見を楽しみにしているこの駄目な王子を、どうすれば大人しくさせられるか。

そんなことを考えているのは、従者の顔を見れば明らかだった。


謁見に至るまで、王座に通じる重厚な扉の前で待たされる間。軽口を叩いていたフランシスもさすがに緊張していた。体の後ろで指を組んだり、窓から外の景色をちらちら覗《のぞ》いたりと、先ほどから落ち着きがない。

「……フランシス様、大丈夫です。とって食われることはありません」

「わかってるよ」

言いながら、今日はそれしか言っていないな、とフランシスは自分を客観視する。さっきまでの自分は他国の王室事情を野次馬根性で楽しんでいただけだ。

「贈り物を渡して、終わりだ。それでいいんだよな?」

「はい。それだけで充分です」

こそこそと話していると、重厚な扉が、ぎぎ、と音を立てて開いた。中からエスティードの家臣が出てくる。

「お待たせいたしました。中へどうぞ」

そう促《うなが》され二人は部屋の中へ足を踏み入れる。外からはわからなかったが、この部屋だけ空間が広い。頭上高くにある天窓からは、きらきらと日差しが差し込んでいた。長い長いカーペットが続く先に王座がある。

ゆっくりとカーペットの上を進みながら、フランシスは思う。王座に座る王のその姿は、本当に若い。少年、というほどではないが、すでに成人しているフランシスから見ればまだ子どもに見える。従者の話では十八歳の姿なんだったか。黒髪に、切れ長の深く青い色をした目。その双眸《そうぼう》を細め、余裕のある笑みは大人びて見えはするが。

違和感を多分に覚えながら、その姿の前に跪《ひざまず》いた。

「フランシス＝マスカルヴィアです。お目にかかれて光栄です。ゼロサム＝エスティード陛下《へいか》」

「あぁ、よく来てくれたなフランシス殿《どの》。長旅ご苦労であった」

声変わりはしているようで、安心する。少年の高い声で同じことを言われたら噴《ふ》き出していたかもしれない。

「きみのお父上は元気にしているか？　最後に会ったのはお互い王位を継ぐ前だから、もう二十年は会っていないことになるのかな」

「ええ、元気です。自《みずか》ら出向けないことを申し訳ないと、また時を改めてお会いしたいと言付かっております」

「そうか。元気ならばよかった……。また是非《ぜひ》会おうと、伝えてくれ」

「幸甚《こうじん》です」

そつなく受け答えできている、と思う。もう充分だろうと従者を見て、目的の贈り物を王の眼前に差し出した。うら若い王の表情に興味の色は宿ったが、それでも余裕の表情で鎮座《ちんざ》している。なんだなんだとはしゃぐ子どもではない。当然のことだが。

「ゼロサム陛下。一等品を持って参りました。何卒《なにとぞ》お納めください」

差し出したのはマスカルヴィアで作る工芸品の数々。フランシスの国にはこの伝統工芸を支える職人がたくさんいて、マスカルヴィアの貿易を支えていた。髪飾りにブローチといった装身具に、額縁や置時計といったインテリア。そのどれにも、繊細《せんさい》な細工が施《ほどこ》されている。

「素晴らしい。ご厚意に感謝しよう、フランシス殿」

王は贈り物を気に入ったようだったが、もらい慣れているせいか礼の言葉も反応も通り一遍《いっぺん》だ。フランシスはもうひと押し必要だと言葉を繋《つな》ぐ。

「中でもこちらを。国一番の職人が手掛けた髪飾りです。これをどうぞ、お妃様への贈り物に」

「ほう……」

ゼロサムの目の色が変わる。そっとフランシスの手から髪飾りを受け取り、まじまじと見つめた。国一番の職人と言ったが、それだけはフランシスが造ったものだ。けれどバレない自信があった。王位継承とは縁遠い第三王子に与えられた膨大な時間を、フランシスはこれに費《つい》やしてきたから。

「これは美しい銀細工だな……」

「是非お妃様へ」

「あぁ。ありがとう、きっと彼女も喜ぶ」

そう言って微笑《ほほえ》む王の顔から、何か読み取れはしないかと努《つと》めたが、何もわからない。王はどのように髪飾りを魔女に渡すのだろうか。ご機嫌を窺《うかが》いながら、おずおずと？　目前の青年が恐る恐る魔女に髪飾りを渡す場面を想像……できなかった。

それにしては、青年に迫力がありすぎたのだ。

先ほどからかろうじて不自然ではない程度に受け答えを成り立たせているが、フランシスは背中にじっとりと、嫌な汗をかいていた。贈り物は渡した。用はもう済んだ。

じっと、ゼロサムはフランシスを見る。あまりの視線に退室を切り出せず、堪《こら》えかねてフランシスは尋《たず》ねた。

「……あの、私の顔に何かついていますでしょうか」

「――いや、失礼。きみの顔が、以前城にいた者に似ていたので、つい」

「左様でしたか……」

先ほどすれ違った王女の反応も、そういうことか。

フランシスは王座の間を出た途端、同行していた従者に愚痴《ぐち》をこぼす。

「なんだあれは。本当に十八のおぼっちゃんじゃないか」

「……そんなこと言って、足が震えていますよフランシス様」

所詮《しょせん》、魔女に恐れをなした丸腰の国王だと、侮《あなど》っていた。

それなのに。

「……あんなの、十八の男子が持っていていい眼光じゃないぞ」

国王は確かに国王だった。遠目に姿を見たときは、十八のその姿は陳腐《ちんぷ》にしか見えなかったが、いざ間近に行けばそれだけで空気が重苦しくなる。己《おのれ》の矮小《わいしょう》さを認めさせられてしまいそうな雰囲気。——十八の小僧相手に？

フランシスは混乱していた。

「……見かけは十八とはいえ、在位の期間は長い。実年齢は四十手前といったところでしょうか。……それにしても圧倒的な威厳でしたね」

あの青年が自分の父親と同世代だというからたまらない。恐れを抱くと同時に興味も増した。

あの威厳ある国王をも意のままにする魔女とは、一体どんな女なのだろう。二人は夫婦でありながら、どんな会話をするのだろう。考えれば考えるほど疑問は尽きない。

その時、城の窓からただ一本だけ空高く伸びる塔が見えた。魔女が閉じこもっているというのは、あそこのことだろう。

――興味、としか言いようがない。そのとき降って湧《わ》いた大きな興味と、実行するしかないという衝動が働いて、フランシスは一瞬で塔への侵入を決意してしまった。

「……ちょっと、悪い。先に馬車へ行っててくれるか」

「は？」

「忘れ物だ。すぐ追いつく！」

「え、待ってください、フランシス様！　忘れ物って何ですかっ、どこへ行くのですか！」

従者はフランシスの背中が見えなくなっても何かを叫んでいたが、衝動に突き動かされている彼の耳には何も入らなかった。途中、この城に仕えるメイドや庭師に不審な目で見られながら、どんどん城内奥へと進んでいく。中庭を抜ければ、塔はもうそこだ。

塔の真下に着くと、そこには木製の扉があり、鍵穴《かぎあな》があった。鍵がかかっているのか……と半ば諦《あきら》めながら、そっとドアノブに触れる。

（開いてる……）

予想外に扉は開き、そっと中に入ると螺旋《らせん》階段が空高く続いている。上るにはとても骨が折れそうな、果てしない螺旋階段だ。窓から外の光をいっぱい吸い込んでいても、まだ仄暗《ほのぐら》い。どこからか吹き込んでいる風の音だけがする、静かな塔。

（……ここまで来たのだから）

妙な意地で、彼は螺旋階段を上り始めた。

こんなに興味を惹《ひ》かれるのは、ただの野次馬根性ではない、と思う。確かにこの国は歪《ゆが》んでいて面白い。お妃は歳をとらない魔女。お妃に呪われた同じく歳をとらない王様。自ら剣を振るう王女。誰も彼も与えられた役に甘んじようとしない。

自分はマスカルヴィアの第三王子であること以外に、何の特徴があるだろう。そんなことをフランシスは常々思っていた。王子という肩書きをとったら、自分は自分のことを他人にどう説明すればよいのか。

そもそも王子じゃなかったなら、それ以外の自分を説明する言葉が見つかっていたかもしれないのに。

長い長い螺旋階段は、フランシスを思考の沼に引きずり込んだ。

時間の感覚が失われていく。きっと上り始めてそこまでたいした時間は経《た》っていない。けれど延々と続く石の階段は十分を一時間にも感じさせた。こんな上階に魔女が閉じこもっている理由はなんだ。人間と接することに嫌気がさしたのか。それとも恐れた国王がそうしてくれと懇願《こんがん》したのか。もっともらしい理由ならいくらでも思いつきそうだが、真実はわからない。

一番上に辿《たど》りつくと、部屋に通じる木の扉が開いていた。塔の入り口といい、先客はドアを閉めることを忘れがちなようだ。

息を潜《ひそ》めてそっと中を覗く。石造りの塔の最上階にある部屋は、意外にも温かみのある空間だった。そこには暖炉《だんろ》があって、テーブルには水差しがあって、花が飾られていて。人間が生活している空間に見える。覗いて見えたのはそれだけだ。

肝心の魔女は……と、もう少しだけ顔を出してみる。視界を拡げると天蓋《てんがい》付きのベッドが見えた。そこに誰かが腰かけている。

視界に入った瞬間、呼吸をやめてしまいそうになった。

天蓋付きの豪奢なベッドに腰かけているのが、例の至高の魔女だということは一目でわかる。目も鼻も口も、輪郭《りんかく》も。彼女を形作るすべてのパーツが、今まで見てきた人間の中で一番美しい造形をしている。ベッドの上に波打つ白髪は高潔に輝き、その瞳はエメラルドを思わせる澄《す》んだグリーン。美なんて個人の感覚に頼る曖昧《あいまい》なものだと思うのに、なるほどこれは、筆舌に尽くしがたい美女だと、素直に認めるしかなかった。

少しでも長くこの目に収めていたいと、フランシスはじっと息を殺す。国に戻っても目を閉じれば思い出せるように。

その時。この部屋にいるもう一人の存在に気がついた。

（ゼロサム……）

つい先ほど謁見した十八歳の王様が奥の部屋から出てきた。何やら魔女に話しかけているが、話の内容までは聴き取れない。会話をしながら、魔女がベッドから立ち上がる。何か言い争っている？　声は聞こえるが、話の内容まではさっぱりわからない。

ダン！　と、急に国王は魔女を壁際に追い詰め、至近距離で何かを囁《ささや》いている。

（……何を話している？）

ちょうど背を向けられているので、ゼロサムの表情はわからない。少し見えた魔女は、そっけなく視線をそらしていた。

――なんだ、これは。

無理やりエスティードの王妃となった魔女と、至高の魔女を恐れて逆らえない国王。そう聞いていた話が、正しくないように思えてくる。

何とか話を聴けないかと、もう少し、もう少しと身を乗り出し、ついに部屋の中へと入った。暖炉の陰《かげ》に隠れるようにして、聞き耳をたてる。

壁際に追い詰められていた魔女は解放され、その長い白髪にはフランシスが手掛けた銀細工の髪留めがついていた。そこで、わずかに声が聴き取れる。

「……これ、髪留め？」

「さっきマスカルヴィアの王子がやってきて、贈り物だと置いていった。最高の職人が手掛けた髪飾りだそうだ。きっと、きみに似合うだろうと」

「私のこと、見たこともないのに？」

国王はどうやら先ほどフランシスが納めた贈り物を持ってきたようだ。まさか魔女に渡す場面を見れようとは。想像もつかなかったシーンが目の前で流れ、戸惑う。国王と魔女の力関係がわからない。

魔女は少し気を悪くした様子だった。確かに彼女の白髪の上では、銀細工は少し浮いて見えてしまうかもしれない。


フランシスは、塔の外で待っている従者のことなどすっかり忘れ、いつまでだってそこにいそうなくらい、二人のやりとりに夢中になっていた。

そうならなかったのは、あまりにフランシスが物陰から顔を出しすぎていたからだ。何気なくこちらを振り向いた国王と目が合った。

（あ、やばい……）

とっさにそう思ったときには、もう遅い。

「――フランシス殿」

「っ」

「ここで、何をしている」

ざっざっと歩み寄ってくる国王の威圧感は先ほどと同じ。重くのしかかり膝《ひざ》が笑いそうにな

る。フランシスはぐっと堪えて、そこに立っているのが精一杯だ。このまま部屋を出て螺旋階段に駆け出せば、転げ落ちてしまうだろう。

「いつからここにいた？」

先ほどの客人をもてなす態度とは違う。青い瞳は笑っていない。その目は明らかにフランシスを排除しなければいけないものとして見ている。殺されるかもしれない。この、十八歳の国王に。眼力で人を殺せそうな残忍性が、隠しきれずにあの威圧感となったということか。——指先も動かない。

「やめて、ゼロ」

魔女の制止の声が響く。鈴の音が水面に波紋をつくるように広がる声。

ゼロサムは怪訝《けげん》な顔をして魔女を振り返った。

「迷い込んでしまっただけだわ。それに私、気づいていたけれど、この部屋に来たのは今さっきよ」

——庇《かば》われている？

「……本当だろうね？」

国王は魔女とフランシスの顔を交互に見る。魔女は澄ましたまま。フランシスはただ一度こくりと頷《うなず》いた。

「……よろしい。いいだろう。フランシス＝マスカルヴィア」

「……はい」

「きみはすぐにこの塔を下りろ。そしてもし、ここで何かを見聞きしたというなら、それは墓場まで持っていけ」

そうでなければ……と言わないまでも、自分に危害を加えることを厭《いと》わないであろうことはわかった。十八歳の、傍《はた》から見れば年下の男に命令をされている。それはとてつもなく格好悪い図だったが、受け入れるしかなかった。

「ご無礼を……お許しください」

そう膝を折って詫《わ》びて、フランシスは最上階の部屋をあとにする。階段を下ろうと足を伸ばすが、震えて足にうまく力が入らない。そうこうしていると、部屋から二人の声が漏《も》れてきた。

「これではまるで、王が至高の魔女を幽閉《ゆうへい》しているみたいじゃないか……」

「わお。それはそれで新説が出てきて面白いわね」

「ほんとにきみは……」

……絶対に聴いてはいけない会話を聴いてしまった気がした。

こんなところは早く去ろう……と思うのだが、足が動かないのは震えからか、興味からか。

たぶん、どちらも。

「ハイネをここへ呼んで頂戴《ちょうだい》」

魔女がそう言うのが聞こえた。ハイネとは、国王と側室の間に生まれた王女ではなかったか。何のために呼ぶのか気になりつつも、魔女がそう言ったからには間もなく国王もこの階段を下りる。フランシスはもうとっくに動く足を懸命に動かして、螺旋階段を下っていった。

2. 戦乙女と魔女の関係性　〜ハイネ王女の戸惑い

首飾りもきらびやかなドレスも要《い》らない。スカートを膨《ふく》らませ歩きにくくさせるパニエも、体を締め付けるコルセットも煩《わずら》わしい。だから全部捨てた。

代わりに軽武具を纏《まと》って、剣を携《たずさ》えて城下を歩けば、聞こえてくるのは自分にまつわる噂《うわさ》話。

「……見ろ、ハイネ姫だ。また城下に下りてきて密売人を捕らえたらしい」

「俺たち平民からすれば有難いが……王位を継ぐための実力誇示《こじ》ってのはほんとなのかね」

エスティードは平和な国だ。吹けば飛んでいってしまいそうな小国にもかかわらず、他国は至高の魔女を恐れ、侵攻してくることはない。あるのは不当な商売で金儲《もう》けをしようとする密売人や、エスティードのことをよく知らない盗賊《とうぞく》が紛《まぎ》れ込むことくらい。

戦争をしないエスティードに、大規模な軍勢は配備されていない。治安を守るのに必要最低限の騎士団のみ。エスティード国内を管轄《かんかつ》とする『戒律』と、国外の任に就く『暁《あかつき》』。ハイネは『戒律』を率いている。

「団長」

城に戻るなり部下に声をかけられ、ハイネは振り返る。

「なんだ」

「国王陛下《へいか》がずっとお探しになっていました。王妃様が、ハイネ様を……団長を、お呼びとのことで」

「……そうか、ありがとう。密売人の後処理は任せる」

「はっ」

敬礼する部下の横を通り過ぎ、自室へと向かう。ハイネの部屋はとても質素だ。睡眠をとるためのベッドと政務をこなすデスクがあるだけ。ハイネは軽装備をはずし、シャツ一枚のシンプルな装《よそお》いになった。


魔女には月に一度だけ会う。

彼女は滅多に塔《とう》の中から出てこないので、会うのは彼女から呼び出しを受けたときに限る。そして不思議なことに、自分が呼び出したくせに、魔女はいつもたいした用事を持っていなかった。

暇なのかな、と思う。ずっと塔の上で一人ぼっちで暮らすのは、いくら長い時間を生きる魔女であっても退屈なのではないか。むしろ長い時間を生きているからこそ、もう、うんざりなのかもしれない。暇つぶしの相手をするのは苦じゃないから、別にいいのだけれど。

「王妃様、ハイネです。参りました」

長い長い螺旋《らせん》階段を上りきった先。塔の最上階。木でできた扉の前で名乗ると、すぐに中から魔女が出てきた。ひょっこりと隙間《すきま》から覗《のぞ》いた顔は少女だ。体は同じ年齢のはずだが、なんなら自分のほうが大人に見えるのではないかと思うほど、魔女は若くて美しい。

彼女の名はシエラ。皆が恐れる至高の魔女。

ハイネが傍《そば》に寄るなり、シエラはハイネの顎《あご》をくいと持ち上げ、そのグリーンの瞳《ひとみ》でじっと見つめてくる。

十八歳の少女の顔が二つ、向かい合う。灰色のショートヘアと白のロングヘアのコントラスト。実際は立場も年齢も違うのに、傍《はた》から見れば女子同士の戯《たわむ》れに見えてしまうだろう。

「王妃様って呼ぶんじゃないわよ。〝シエラさん〟って呼びなさいっていつも言ってるでしょ」

「シエラさん……やめてくだひゃい」

ハイネはいたって真面目な顔で返事をするけれど、両頬《りょうほほ》をつねられてうまく発音ができない。

シエラは構わず話し続ける。

「あなた、また城下にばっかり行ってるんですって？」

「私は『戒律』の団長です」

「偉くなったものね。ちゃんとスキンケアしなさいよ。十年後・二十年後にきっちり肌に出てくるんだから」

シエラの距離感が、ハイネにはよくわからない。側室の娘なんてかわいいものではないだろうに。優しいわけではない。けれど意地悪もされない。ただただ構われる。だからハイネも慣れてしまって、今では軽口を叩けるようになった。

「肌の老化のことなんて、よく知っていますね。歳《とし》をとらないくせに――」

「歳はとらなくたって肌は手入れ次第なのよ。永遠の命は、永遠の美貌《びぼう》までは保証してくれないわ」

だから困るのよ、とシエラはため息をついた。かと思えばくるりと表情を変えて、大きな目で問われる。

「ミランダは元気？」

「ええ。最近は日中も起きて中庭を散歩していらっしゃることが多いです」

「そう」

ミランダはハイネの母親だ。その昔、城内で給仕をしていたミランダは、その気立ての良さと美貌を国王に見初《みそ》められて側室になったという。そんな相手の心配を王妃がするなんて、ポーズなんだろうか。この人が、ポーズ？　シエラの言葉は悪意も善意もいつも本音百パーセントに思えたので、それはなんだか違う気がした。

「お母様をお連れしましょうか？　ここに」

「……いいえ。それはやめておきましょう。元気かどうなのかが気になっただけよ」

「そうですか」

「彼女にこの塔を上り下りさせるのも忍びないわ」

「私はいいんですか？」

実際にこの塔を上るのは骨が折れる。

「いいに決まってるじゃない、何言ってるのよ若者が」

それを外見が変わらない彼女に言われると、なぜだか無性に腹が立った。

ふと、彼女の長い白髪に見慣れない髪飾りがついていることに気づく。

「それ」

「え？」

「髪飾り、エスティードではなかなか見ないものですね。綺麗《きれい》」

「ああ……これね」

せっかく似合っていたのに、シエラはその髪飾りを簡単に取ってしまう。

「……あげるわ」

そう言ってハイネの髪につけた。

「え、いいですよ」

「いいの。似合うわよハイネ」

「はぁ……」

側室の心配をしたり、その娘に上等な髪飾りを与えたり。

「シエラさんって」

「ん？」

「ただのお人よしですよね」

いつもの軽口のつもりでそう言った。好意も込めて。

すると予想に反して、シエラの顔は歪《ゆが》んだ。

「――笑わせないで」

「え」

その顔は十八歳の少女だ。それなのに瞳は、氷のような冷たさで。

瞳が呪う。微笑が殺す。

彼女は魔女。

「お人よしなわけがないでしょう。あなたのお父様を呪ったのはだぁれ？」

「……シエラさんです」

「そうよ。それだけは、忘れちゃいけないわ」

人を不老不死の体に変えられる、怒りで一夜にして山を消し炭にできる、恐ろしい魔女。

ハイネにはわからない。ふとした瞬間に彼女は、思い出したように至高の魔女になる。普段はただのお節介な継母《ままはは》だから、わからなくなるのだ。本当に悪い魔女なら、ずっと悪い魔女でいてくれたらいいのに。

「帰りなさい」と言われ、自分が呼んだくせにと不満に思いながら、ハイネは長い長い螺旋階段を下る。怖くはなかった。ただイライラした。父親に時を止める呪いをかけたのは、間違いなくシエラなのだろう。でも、それを言われてどんな反応をすればいいのか。何と言えば、彼女は満足なんだろう。

「……次呼ばれても無視してやる」

　コツコツとハイネの足音だけが響く螺旋階段には、冷たい空気が流れている。この長い長い螺旋階段は、ちょっと気が向いたくらいでは途中で上るのを諦《あきら》めてしまいそうな段数だ。それを、上ってきたのに。ハイネは静かに、とても怒っていた。


　高い塔を下りて地上に足をつけると、ちょうどミランダが中庭に出ていた。

「お母様」

　声をかけるとミランダは振り返り、微笑《ほほえ》んだ。その顔には年相応の皺《しわ》があるものの、昔、城で働く男が一度は恋をしたという面影《おもかげ》が残っている。優しい目元と柔らかな口元。

「あらハイネ。シエラ様のところへ行っていたの？」

「ええ。……自分が呼んだくせに、なぜかケンカ腰でした」

「まぁ」

ハイネがぎりっと文句をこぼすと、ミランダはころころと面白そうに笑う。シエラもシエラだが、この母もたいがい変わっている。娘が正室に呼び出されても特に警戒していない。昔からそうだから、てっきりそういうものだと思っていたが、成長した今ならわかる。普通の王室は、そんな穏やかなものではない。

「シエラ様は元気にしている？」

「はい、まったくお変わりありませんよ」

「そう。もう何年もお会いしていないわね……」

「シエラ様も、お母様の体調を気にされていました」

「心配はおかけしたくないのだけどねぇ」

ミランダはいつものおっとりとした口調でそう話した。本当に二人の関係はよくわからない。

「……どうしてお二人は」

「え？　なぁに？」

「どうしてお二人は、いがみ合ったりしないのですか？　あの、別に険悪であってほしいというわけではないのですけど……。普通の王室と違うのは、なんでなのかなと……」

「ええ？　何も違わないわよ？」

「違いますよ……」

ミランダはにこにこと笑うだけだった。自分の母親ながら、魔女として恐れられるシエラよりもやりにくく感じてしまう。

「それ」

「え」

ミランダはハイネのこめかみのあたりを指さす。

「その、髪飾り。素敵ね」

「あぁ……ありがとうございます」

「今日はマスカルヴィアの王子が来ていたようですね。その贈り物かしら」

「恐らくそうです」

なんとなく、シエラからもらったことは言わないでおいた。

マスカルヴィアの王子、と言われて、先ほど廊下《ろうか》ですれ違った男のことを思い出す。

「……お母様はその王子の姿を見ましたか？」

「いいえ。さっきまで部屋で休んでいたから。来ていることを侍女《じじょ》から聞いただけ」

「そうでしたか」

恐らくすれ違ったあの男が王子だろう。確か、フランシスと名乗っていた。彼をアレンと呼んでしまったことは不覚だったが、間違えてしまったのは自分だけだろうか？　あんなにも似ているのに。

（――アレン）

久しぶりに発音したその名に、嘘《うそ》みたいに記憶がよみがえっていった。彼は確かにこの城にいたのだ。この城にいて、ハイネの心に深く棲《す》みついた。

あの日のことを、ハイネはまだ誰にも言えないでいる。

3. 消えたピアノ教師　～ハイネ王女の前日譚

四年前。まだ十四の頃、ハイネは王城で静かに暮らす普通の王女だった。

長かった髪を綺麗《きれい》に結い上げ、レースたっぷりのドレスを着て。たまに侯爵《こうしゃく》家の令嬢たちとお茶会をして、教養を身につけるため習い事をしていた。

強《し》いて言うならば、少しだけ、おてんばだったと思う。


「姫様」

「っ……！」

びくっ、と驚いて肩が震えた。厳しい声に振り返ると、見慣れた青年が険しい顔でこちらを見ている。

「……アレン」

「今後ろに隠したものを渡してください」

「何も隠してないわ」

アレンの顔は端整で、少し怒った顔も綺麗だと思った。ハイネの見え見えの嘘《うそ》にムッとした顔をして、彼は身長差をいいことに上から手を伸ばし、ハイネが後ろに隠していたものを掴《つか》む。

「ひゃっ」

からんからんと、軽い音を立てて細長い棒が転がり落ちる。それは騎士が訓練のために使う練習用の武具だった。

「なんだってあなたがこんなものを……。まさかこれで稽古《けいこ》でもしていたのですか?」

「……そうです」

「武術なんて危ないからおやめください。怪我《けが》でもしたらどうするんです。あーもう、しかも素足で……」

そう言う声はまだ怒っているのに、表情は本気で心配しているようで嬉《うれ》しくなってしまう。アレンは優しい。

「なんだかアレンってば、最近私の教育係みたいね」

「あなたが叱らないといけないようなことをするからでしょう」

「それでもみんな、私が王女だから叱ろうとはしないわ」

「鬱陶《うっとう》しい、と言いたいんですか?」

アレンの端整な顔が、イラッとした様子でヒクつく。その表情の変化がたまらない。普段みんなの前では礼儀よく人当たりのいい青年で通している彼が、ハイネの前では表情豊かになる。

そのことに、小さな優越感を覚えていた。

彼はいなくなる三年ほど前にハイネのピアノ教師として城にやってきた。ハイネより六つ上のアレンは、二十歳《はたち》という年齢相応に落ち着いていて、ハイネは兄ができたようでとても嬉しかったのを覚えている。実際は兄というよりも、言ったように教育係のようだったが。

しかしハイネも、アレンに見咎《みとが》められたくて武芸の練習をしていたわけではなかった。できることなら見つからずに、もう少し練習していたかったのに。穴場だったこの、庭師しか出入りしない城の裏庭は、もう使えない。

風が吹いてざわざわと草木が揺れる。先ほどまで一生懸命棒を振り回していた体は、しっとりと汗をかいていた。

「戻りましょう姫様」

「そうね、今日のところは」

「明日もですよ。こんな誰の目も届かないところで棒を振り回してはいけません」

そう言ってスタスタと先導して歩くアレンの歩幅は大きくて、気を抜くとすぐ置いてきぼりにされてしまう。けれどわかっていた。早足で歩きながらも、ちらちらと後ろを気にかけていてくれているということを。彼は決してハイネを置いていかない。

勉強部屋に戻ると、アレンは大きな桶《おけ》に水を張って持ってきた。

「……え？　何？」

「洗ってさしあげます。姫様、手も足もドロドロじゃないですか」

「いいわよそんなの！　お風呂に入るわ」

「だめですよ。このあとは俺とピアノのレッスンがあるでしょう。風呂に入っている時間なんてありません。あなたのその長い髪まで洗い出したら時間がかかりすぎる」

「ええっ……」

不満を見せてもアレンはお構いなしで、ハイネを椅子《いす》に座らせてその足元に桶を置き、すっと素足をその中に浸けさせた。

「……冷たい！」

「ひんやりとして気持ちいいでしょう？　夏場の水遊びだとでも思って」

そう言ってアレンの大きな手がハイネの足を優しくさすって、ついた泥を落としていく。ハイネは自分の足元に跪《ひざまず》くアレンの柔らかな栗毛《くりげ》の中にあるつむじを見つめながら、くすぐったさに妙な気持ちになっていた。

「……これこそ、お父様やお母様に見つかったら怒られないかしら」

「どうして怒られるんです？」

「だってなんだか……」

破廉恥《はれんち》だわ、とは、恥ずかしくて言えず、ごにょごにょと言葉を濁《にご》した。

「変な姫様」

アレンはそう笑って、ハイネの足を片方ずつ桶から取り出し、布で丁寧《ていねい》に水を拭きとった。

「次は手を」

そう言って今度は水を張った小さな桶をサイドテーブルに置き、足と同じようにその中でハイネの手を洗った。

ハイネは気恥ずかしさで何も言えなくなってしまう。手のひらを、指の間を丁寧に洗ってくれるアレンの手は、とても綺麗だ。少し骨ばっていて、指が長くて。形のいい爪。大きな手のひら。それに触られているんだと思うとカッと頬《ほお》が熱くなる。

「……姫様。本当にもうやめてくださいね。美しい手に傷がつく。ピアノ、弾けなくなってしまいますよ」

「……あのね、アレン。怒らないで聞いてほしいのだけど」

「はい」

「私、あんまりピアノが……なんていうか、得意じゃない……」

「……それは姫様」

「うん」

「アレンはなかなかショックを受けました……」

「だっ、だから怒らないでって言ったじゃないの！」

「怒ってはいません。ショックだと申し上げたんです。あなたがピアノを弾かないんだったら、俺は解雇されてしまいます……」

「あー……。そこまでは考えてなかった……」

「……まぁ、三年前にここに来たときからわかってましたけどね」

「え？」

「知ってますよ俺は。姫様は、式典や儀式はちゃんと澄《す》ました顔でいられるのに、ピアノだけはどうしても落ち着きがなくなるんです」

「そうね……。言う通りだわ」

「ピアノ、そんなに嫌いですか？」

そう訊《き》く顔が本当に寂しそうで、ハイネは答えに迷ってしまった。

「うーん……嫌いとは違うと思うんだけど……。なんだか、弾いていると胸が苦しいのよ」

「無い胸がですか」

バッ！　とハイネは平手を上げたが、同時にアレンに摑まれる。水滴がアレンの顔にもはねただけで、攻撃は失敗に終わった。

悔しさでハイネは吼《ほ》える。

「息苦しいの！　頭も働かないし、普段簡単だと思うことができなくなる。手元もくるうし、ほんとにうまくできないの。頑張《がんば》っても！」

「……姫様、それは……」

「なに」

アレンは何か理由に思い至った顔をしたが、曖昧《あいまい》に笑って続きを言うのをやめてしまった。

「結果的に、気づかないほうがよかった……なんてことは、人生にざらにありますからね」

「意味がわからない、アレン。もっとわかりやすく言って」

「わからないほうがいいこともある、というお話ですよ。……ほら、できました」

そう言って、彼はハイネの両手を優しく布から解き放つ。手はしっとりと潤《うるお》っていた。

「さぁレッスンです」

どうぞ、とピアノの椅子に座るよう促《うなが》され、ハイネは渋々その定位置につく。練習なんかしてないで、後ろからアレンの演奏を覗《のぞ》かせてくれるだけでいいのに。

そんなことを思ってばかりで、ハイネのピアノはちっとも上達しなかった。


この時にはもうすでに、月に一回魔女の塔《とう》を出入りすることが習慣になっていた。シエラがハイネを呼び出すときは、決まってハイネの実父である国王に言付ける。

「ハイネ」

「お父様……」

呼ばれて声のほうを向くと、一見十八歳の青年にしか見えない国王と目が合う。十四歳のハイネよりは大きく、男の人の体つきをしているが、二十歳のアレンより少し年下に見えるくらいの外見。精悍《せいかん》な顔つきには威厳があるけれど、傍《はた》から見れば二人は兄妹《きょうだい》にしか見えないだろう。彼が何か言いたげに歩み寄ってくるときは、だいたいいつもシエラのことだった。

外見が兄のようだから、たまに戸惑《とまど》うこともあるけれど、ハイネにとってはこれが昔から普通のことだ。どんなに見た目が若くても、国王ゼロサムを自分の父親だと認識し、尊敬していた。ただ、実際父親が歳《とし》を重ねていけば、今頃どんな姿をしていたんだろうと想像してしまうことはあった。

「シエラが来てほしいと言っていたよ」

そう優しく微笑《ほほえ》む顔には、もしかしたら皺《しわ》が刻まれたり、髭《ひげ》が生えていたりしたのかもしれない。母親のミランダを基準にしてそんな妄想をすることがしばしば。

「わかりました」

ハイネは笑顔で返事をしたが、内心滅入ってしまう。あの塔は本当に高くて、上るだけでいつも一苦労なのだ。それに、魔女は時々怖い。どうして毎月呼び出すのかわからないし、侍女《じじょ》も連れていってはいけないという。中でどんな話をしたかも人に話してはいけないというし、一人であの塔を上らねばならないと思うと、ハイネはどうしても憂鬱《ゆううつ》になった。けれどそんなこと、魔女からお願いをされてきた父親には言えない。

「お父様は、お妃《きさき》様によく会っていらっしゃるんですか？」

「え？　あぁ、まぁ……。そうだね。たまに会うくらいかな」

濁された言葉の真意はわからない。城内はハイネが物心ついたときから噂《うわさ》が飛び交っていた。魔女と国王は夫婦でありながら対等な立場ではないこと。表面上恭《うやうや》しくゼロサムを慕っている臣下たちも、陰《かげ》では魔女に頭があがらない国王を嘆《なげ》いている。長い時間にわたって人の間を伝播《でんぱ》していく噂は、それはもう真実と同じ。

「……行ってきます」

ハイネはそれ以上追及せず、微笑んで会釈《えしゃく》し、ゼロサムの横を通りすぎていった。

魔女の塔へ行くには必ず中庭を抜けていく。

建物を通っていって青空が開けた瞬間、すっと、夏の濃い緑の薫《かお》りが鼻孔《びこう》をくすぐった。暑い。しっとりと汗ばんだ肌を、日差しがじりじりと焦《こ》がしていく。これは塔の螺旋《らせん》階段にも熱がこもっていそう……。どんどんテンションが落ちていくところに、ふと視界に入るものがあった。

中庭の隅《すみ》、陰に隠れて内緒話をする影が二つ。一つは、アレンだとすぐわかる。もう片方は、最近入城したばかりのメイドのようだ。見覚えのない女。ハイネがそっと茂みに隠れて耳をそばだてていると、声が聞こえてきた。

「……いいでしょう？　一晩だけでもいいんです」

「はぁ……」

「城内で仕えるばかりで、私たちには楽しみがないじゃないですか。この城の中のことをバラさぬようにと、休暇さえ外に出ることは許されないでしょう？　あなたも、羽目《はめ》をはずしたくなるときがありません？」

誘惑しているのだと、その怪しげな雰囲気からハイネにもわかった。城内で働く者が不自由していることは知っていた。ただでさえ良い噂のない王室の、一切の情報を隠すために、城で働く者は城を出ることを許されない。その結果が、アレンへ降りかかる誘惑。

どうするのだろう。アレンは受けるのか断るのか。断ってほしいけれど、ハイネにはわからない。いつも兄のように叱ってくれるけれど、なんだかんだ言って、男の人だと意識してしまうから。男の人だとわかっているから、どうするのかわからない。

「……そうですね。ちょうど俺も溜まっていました」

そう言って、アレンはハイネが見たこともないような大人の笑みを見せる。

ハイネは眩暈《めまい》がした。

「そう！　それじゃあ今夜私の部屋で……」

「──なんてね。冗談です。興味本位でこういうことはやめてください」

「え？」

え？　と言ったメイドと、同じような顔をハイネもしていただろう。アレンはハイネが見ていたことに気づいていたらしい。メイドに言っているセリフは、明らかにハイネに聞かせているような言い方だった。

「意味がないんですよ。本当に欲しいもの以外をいくつ集めたって、ちっとも満たされない」

その意味までは、ハイネにはまだわからなかった。

アレンに対して抱く感情は、恋だったと思う。それを素直に言ってしまうと、きっと〝勘違いですよ〟と言われてしまうに決まっていたので、ハイネは打ち明けることはしなかった。そんなつまらないことでこの気持ちの芽を摘《つ》まれたくなかったのだ。

もう少し大人になって、アレンも自分のことを女性として意識してくれる時がきたら。そんな日がもしもやってきたなら、その時には言ってやればいい。ずっと好きだったこと。ずっと触れたくてたまらなかったこと。その野望は、ハイネに大人になることを楽しみにさせた。けれど一方で、わかっていた。そんな日はきっとやってこない。今の関係はもうすぐ終わってしまう。先延ばしにしてきたのはどちらだろう?

その日は、ほどなくしてやってきた。

ピアノのレッスンがあった日の夜のことだ。

夜の静寂《せいじゃく》が流れるハイネの寝室に、扉が開く音が静かに響いた。城内で暮らす人々も、見回りを除いて皆が眠りにつく時間。もちろんハイネももうベッドの中に入っている。続いて静かに扉が閉じる音がして、何者かが部屋の中に侵入したことがわかった。ひたひたと、近づいてくる気配。間もなく自分に触れる予感。

ハイネは、思い切ってぐりん、と寝返りを打ち、瞳《ひとみ》にその侵入者を映す。

「――なんだ！　アレンかぁ～」

「なんだじゃないですよ……なんでまだ起きてるんですか。真夜中ですよ？」アレンは呆《あき》れた声を出す。

侵入者は、見慣れたアレンだった。緊張の糸が切れた安堵《あんど》の声に、

「悪い侵入者だと思ったんなら、よく振り返りましたね。物盗りなら寝過ごせば無事に済むかもしれないのに」

「んーん、絶対に殺される！　と思ったのよ。まぁ殺されるなら起きたとこでどうしようもないんだけど……」

「はは。そんな、命を狙《ねら》われるほど恨みを買うことなんてないでしょう。姫様は。まだ十四なのに」

「そうよね？　私もそう思うわ。それよりアレン、今後ろに隠したものはなぁに？」

「何も、隠していません。そんなことより姫様、まだ起きていたんですか？」

アレンは完璧な笑顔でいる。

「ええ、ちょっと寝付けなくて……。でも、どういうつもりなの？　こんな夜分に、年頃の乙《おと》女《め》の部屋に入ってくるものではないわ」

そう言ってハイネは、頬を染めて恥じらう。

「……申し訳ありません。どうしても、姫様の寝顔が見たくなって」

「そんなこと言って」

「本音ですよ。……ほら、ちゃんと顔を見せて」

珍しく甘いことを言うものだからハイネも戸惑った。戸惑いながらも、このシチュエーションは何かに似ていると思った。——赤ずきんだ。

ハイネはにっこりと微笑む。

「——私を殺すの？」

近づいていた顔がぴくっと揺れ、アレンの優しい瞳が光をなくしていく。先ほどとっさに背中に隠した右腕が姿を現す。ぎらりと刀身が輝く短刀を握って。ハイネはやけに冷静だった。その刀身は、自分のどこを切り裂くつもりだったのかと想像を巡《めぐ》らせる。五秒後の自分が、血まみれだったかもしれない現実にぞくぞくした。アレンはもう何も隠そうとはしなかった。

「……気づいていたんですか」

「気づきたくは、なかったけれど」

一生懸命気づかないフリをしていた、というのが正しいのかもしれない。王族として生まれたからか、悲しいことにハイネは、自分に向けられる殺意には敏感《びんかん》だった。

「どう否定しようとしても、わかっちゃうんだもん。アレンはすごく優しいのに、たまにすごく冷たい目をする。……でも確信を持ちきれなかったのは、お前だからかもね」

「できれば気づかれないままあの世へ送って差し上げたかったですよ」

短刀はゆっくりとハイネの首筋に添えられる。それでも彼女は、不思議とまだ落ち着いていた。

「なんでこんなことになっているか、訊いてもいいのかしら」

「構いません。あなたは、ここでいなくなる人です」

アレンの笑顔は、優しくて冷たい。

「正直言ってあなたに非はありません。この家に生まれたことが不運だと、魔女を、呪ってください」

「……私は呪いなんて使えないわ」

「どうでしょうね。意外とできるんじゃないですか？　あなたなら」

いつもとは違ってトゲのある声に、ハイネの顔は険しくなる。アレンは構わず話し続けた。

「俺の母親は魔女に殺されました」

「……お妃様が？　殺す……？」

「十年以上前のことです。母親は体が弱くて、医者からは長くないと言われていました」

「……それは」

初耳だ。

「生きていてほしかったから、何だってやりましたよ。特効薬があるという噂があれば遠く離れた異国を訪ねたし、治せるかもしれない医者がいると聞けば闇《やみ》医者だろうと頭を下げた。そして、魔女の行方を突き止めた」

「……シエラさんに会ったということ？」

魔女に永遠を乞《こ》う者はあとを絶たなかったという。遠方の小国の王子。不治の病《やまい》の赤子を抱えた母親。——余命短い母親を救いたい少年。

「本当に不老不死なんだな魔女は。昔会ったときも今と同じ、若い娘の姿をしていた」

「シエラさんに……何と言われたの」

「〝価値がない〟と」

冷たく一蹴《いっしゅう》する言葉に、ハイネの胸はヒリヒリ痛む。

直接その言葉を投げかけられた、幼いアレンの心を想像して。

「泣き喚《わめ》いた。床に額《ひたい》をこすりつけて、懇願《こんがん》した。代わりに俺の命を奪ってもいいと言った。……だけど魔女は、首を横に振るだけだった」

魔女は、どんな事情を抱えた者にもその永遠を与えようとはしなかった。どれだけ懇願されても。どれだけ蔑《さげす》まれても。

「魔女にとってみれば、人間一人の命なんて無価値らしい」

ぐっと低く抑えた、冷たい怒りを帯びた声に、ハイネは胸を締め付けられる。幼き日の少年は、その言葉に、母親が助からない事実にどれだけ心を傷つけられただろう。

「……アレン」

「勝手な逆恨みだと、あなたは思うでしょうね」

傷ついて尖《とが》ってしまったこの人の心は、もう誰も変えられない。

首筋に当てられていた短刀に、ぐっと強い力が加わる。あともう一息で、肉に食い込み血が滲《にじ》むだろう。

「……これは復讐《ふくしゅう》？」

「その通りです。殺しても死なない魔女に復讐するには、あなたを手にかけるしかなかった」

「復讐にならないと思う。私を殺しても魔女の悲しみは知れてる。……お前、この城で一体何を見てきたのよ」

「歳をとらない歪《ゆが》んだ王室の茶番ですよ」

「……酷《ひど》い言い方」

「ほんと、茶番だ」

小さな声でそう繰り返した。

「俺は最初から、この王室に復讐するつもりでした。ここに来たときから。あなたのピアノ教師としてここにやってきたときから、全員を地獄《じごく》に突き落とそうと思っていたんです」

「……だったら、アレン。なぜそんなにつらそうにしているの？」

「……つらそう？」

「泣き出しそうな顔をしている」

そう言ってやるとアレンの表情は泣き笑いになった。

「なぜ？　やっと復讐ができるのに？」

「――いいわ。お前の怒りはもっともです。私一人の命で気が済むのなら、どうぞやりなさい」

ぐっと顎《あご》を上げ、首を差し出す。短刀の刃がかすかに食い込み、ハイネは首に鈍《にぶ》い痛みを感じた。ひんやりと冷たい刃は本物だ。

「……姫様は聞き分けがよすぎます」

「注文の多い暗殺者ね。殺されてあげると言っているのよ。それでお前の本懐《ほんかい》は遂《と》げられるのでしょう？」

「ええ。……そうですね」

はぁ、とアレンが息をついた瞬間。

「っ」

ハイネが一瞬の隙《すき》をついて振り上げた手には、護身用の短剣が握られている。しかし、アレンは素早く反応しハイネの細い腕を捕まえた。短剣がカーペットに落ちて、鈍い音がする。

「降伏したフリをして、反撃ですか。……とんでもないお姫様だな」

彼は悪者の顔をして苦々《にがにが》しく言う。

「……諦《あきら》めないわ」

ハイネも強い瞳で返す。

「私は諦めない。絶対にここで殺されたりなんかしない。アレンが生かしてくれると言うなら、命乞いだってする」

「すごい執着ですね」

「生きるの」

「……あなたもあの魔女から永遠の命を得るのか？」

「いいえ」

「そんなにも生きることに執着しているのに？」

「ただ闇雲《やみくも》に長生きしたいわけではないわ。アレン……。私には生きてやり遂げたいことがある。だから、お願い。殺さないで」

それはアレンへの懇願だった。こんな時でさえ思い出す。絶対にお父様には言わないで、とか、ピアノの練習、今日はここまでで勘弁して！　とか。そんなお願いをこの三年間、たくさんしてきた。そのすべてを、アレンはなんだかんだ言っても叶えてきてくれた。

ハイネの腕を掴むアレンの手の力が、次第に緩んでいく。

「……こんなに近くにいたのに、俺は、あなたがそんなに強い願いを持っていたことを知りませんでした」

「誰にも言っていないから当然よ。私だって、お前が何に怒っているのかはずっとわからなかった」

苦しんでいたことは知っていたのに、どうすることもできなかった。恋に恋する遊びを楽しむフリをして、気づかないフリを続けることしかできずに。復讐を延ばし延ばしにしているアレンが、幾度《いくど》の先送りの果て、どうでもよくなることを待っていた。

そんな日はこないとわかっていたのに。

「あなたは俺の誇《ほこ》りです」

アレンは唐突に、そんな言葉でハイネを褒《ほ》めた。

「時間をかけすぎてしまいました。あともう少し、もう少しと思っている間に、もう三年も経《た》ってしまった……」

その顔にはもう、殺気は残っていなかった。だけどなぜだろう。不安はおさまらない。事態は何も解決していない。彼の怒りは、なくならない。

「……アレン？」

どうするつもりなのだろう。これから。

訊けずにいると、アレンは関係のないことを話し続ける。

「あなたは賢い。その賢さゆえに傷つくことが、これからいっぱいあるんでしょうね。でもそんな時、もう守って差し上げることもできない」

「……守ってなんて私、一度も言ってない」

「そうですね」

遠くに行ってしまうのだな、と直観的にわかった。だからこれはきっと、最後の挨拶《あいさつ》なのだ。そう感じ取ってアレンの止まらない言葉を聞いている。

「姫様、俺は。永遠が憎くてたまらなかった。どれだけ渇望《かつぼう》しても手に入らない永遠が。何を差し出しても生きていてほしい人が、必ず死んでしまうということが。……でもね。やっぱり欲しかった。ずっとあなたの傍《そば》にいられることを、それこそ永遠を、夢見てしまうくらいに」

「それはできたはずだわ」

「いいえ、最初から叶うことはありませんでした。どうしたって俺は魔女を許すことができない。魔女を妃とするようなこの国のことも、やはり許すことができないのです。そうでなければ俺の母親はどうなるんです。俺まで許したら、誰が……」

アレンの今にも泣きだしそうな声に、ハイネは我慢できなかった。我慢できずにつつと流れた涙が、もう何の役にも立たない短刀が転がるカーペットを濡《ぬ》らしていく。

「どうしてあなたが泣くんです」

「お前が泣かないからよ」

その晩一人の使用人が城から姿を消した。月が煌々《こうこう》と室内を照らす。そっと、ハイネは自分のこめかみに手を添える。別れ際一瞬だけ触れた唇《くちびる》は、こめかみに。

予感していたくせに。それでもそれは、あまりに突然の別れだった。


永遠なんて大嫌い。


嫌い。嫌い嫌い嫌い嫌い。言い聞かせるように念じると、心がほころび枯れていく気がして、やめる。空《から》っぽになってしまった。涙が枯れ果てた瞳で窓の外を見上げると、自分が誰であるのかもよくわからなかった。自分はもう、守られるお姫様の顔をしていなくていい。なりふりを構う相手はもうここにはいない。

ふと、カーペットに転がる短刀に目がいった。誰の体にも傷をつけなかった短刀を手に取る。刀身はピカピカと光り、光をなくしたハイネの表情を映し出す。

――一思いに。長い髪を横に引っ張り、ざっくりと刃を入れた。はらりと長い髪の房が床に散らばる。いつ尽きるかわからない命だ。お姫様の時間はもう終わり。

その日を境に、ハイネは当時の『戒律』の団長に頼み込み、弟子《でし》入りをすることとなった。そのとき弱冠《じゃっかん》、十四歳。王は娘の入団に反対したが、それでも娘の並々ならぬ頑固さについに折れることとなる。母親のミランダも特に口出しはせず、「陛下《へいか》がいいと仰《おっしゃ》るなら……」と、もう誰もハイネを止める人はいなかった。シエラだけが、その話を聞くとぶすっとしていたが、「私には止める権利なんてないし」と言ってしばらく口をきいてくれなかった。

——そして今に至る。四年で団長まで上り詰めることができたのは、王女という地位のお陰もあったと思う。あと生まれ持った運動能力がまあまあよかったこと。二つがうまく作用しなければ、女の自分はきっと団長にはなれなかっただろうとハイネは分析している。

〝王女は王位継承のため、実力誇示《こじ》に躍起《やっき》になっている〟

そんな噂が国に流れたって、ハイネは痛くも痒《かゆ》くもなかった。

4. 呪われた国王の真実　～ハイネ王女の確信

マスカルヴィアの王子の来訪から数日経《た》った日のこと。

『戒律』の団長となってからハイネは、定期的に城外に出るようになって民衆の声を耳にする機会も増えた。そして最初こそハイネの入隊に断固反対していた父、国王ゼロサムも、団長としてのハイネの声に耳を貸すようになっていた。

今日も国王の政務室で、報告が行われる。

「――というわけで、城下の密売人はだいぶ取り締まりましたが、国外からの密売人の手引きをしている根幹《こんかん》はまだ叩けていない状況です。引き続き調査します」

「なるほどな……。暁《あかつき》とうまく連携して任務にあたるように」

「はっ」

父親に向かって敬礼をする。ハイネはもう慣れていた。しかしゼロサムのほうは……。

「……いい、ハイネ。やめなさい。敬礼はいらない」

「しかし……」

「真面目すぎるよハイネは！　父は戸惑《とまど》います！」

「はぁ……」

尊敬する父は十八歳の娘と同じような年齢の容姿をして、本人の申告通り戸惑った顔をしていた。

「……報告を続けても？」

「うん。お願いだから普通にね」

普通にと言われても。これが普通なのにどうしろと言うのだろう。ハイネは声のトーンを変えることなく報告を続ける。

「国民の不満が水面下で膨《ふく》れ上がっているようです」

「……理由は貿易かな？」

「はい。国民はそれぞれの技術に磨きをかけてきました。我が国の民は勤勉です。実際に、技術は他国のものに劣《おと》りません。栄えてきた今だからこそ、他国と貿易をして今より富を得たいと思うのは、自然なことかと」

「そうだな……」

国王の顔は真面目になる。先ほどまでの父親の顔は消えて、今は国のことを考えているようだった。切り替えの早さにこちらが戸惑ってしまう。政務室でくらい、常に国王の顔でいてほしいものだけど。

思案する国王の様子を窺《うかが》いながらハイネは、言っていいものかと迷っていた自分の意見を述べるため、口を開いた。

「国民の声ももっともだと思うのです。魔女が王妃として腰を据《す》えている限り、魔女を恐れる国はエスティードとの貿易を敬遠します。それでは経済が動きません」

それは前からエスティードの課題だった。魔女が君臨するエスティードに、他国はよっぽどのことがない限り寄りつこうとしない。マスカルヴィアのように魔女に取り入ろうと考えるのは稀《まれ》だ。貿易の必要性が国民の意識に根付き始め、改めて魔女を囲う王室を非難する声が大きくなってきている。

「なるほど」

「国民からの嘆願書も増えています。王には、魔女を恐れず毅然《きぜん》としていてほしいと。率直に言えば、しっかりしてくれ、と」

「そうか」

「ですが……」

「ん？」

淡々《たんたん》と説明をしながらも、ハイネは迷っていた。

「本当に、そうなのでしょうか」

「何のことだ?」

「本当に国民の声は事実を言い当てているのでしょうか。陛下《へいか》は、魔女を恐れているのでしょうか」

問いかけるハイネの瞳《ひとみ》が、揺れる。今までずっと思ってきたこと。思っていながら、口に出せずにきたこと。そんなことは都合のいい妄想だと、掃《は》いて捨てられたくなくて黙ってきたこと。

「――どう思う?」

国王は顔色一つ変えず、ハイネに問い返す。十八の青年の姿をした王の瞳は静かで何も語らない。何も感じていないような声に、やはり自分の思っていることは幻想なのではないかと心が折れそうになる。それでも。

「……皆、国民だけでなくこの城に仕える者までも、〝王は魔女に呪われ、魔女を恐れ、支配されている〟と口を揃《そろ》えて言います」

「私はね、ハイネはどう思うかと訊《き》いたんだよ」

「……私はっ」

塔《とう》の上のシエラの顔が浮かぶ。それからシエラのことを話すときの、父親の顔。

疑う余地があるだろうか。あの切ない横顔に、あの愛《いと》しげな眼差《まなざ》しに。彼の娘として、それこそ生まれたときから見てきたそれだけが。

「私が、真実だと信じることをお尋《たず》ねしても？」

「どうぞ」

ずっとわからずにいたことが、思いがけず今日、この瞬間に白黒はっきりする。ごくりと唾《つば》を飲んで、ゆっくりと問いかける。

「ゼロサム陛下、あなたは……」

お願い。


「魔女シエラを、愛していますね？」

王はしっかりと頷《うなず》いた。それが真実だった。

「愛していたから結婚した。それ以上でも以下でもない。それに」

久しぶりに見る父の笑顔は照れ臭そうに赤らんで、少年のようだ。

「結婚する理由なんてそれしかないだろう」

「……はい」

ハイネも自然と笑顔がこぼれた。不思議だ。自分は側室の子なのに、父親と継母《ままはは》の間に恋があったとわかって嬉《うれ》しい。そんなことどっちでもいいはずなのに。

城内でずっと飛び交っていた噂《うわさ》。

〝国王は魔女を恐れている〟

〝国王は魔女に怯《おび》えて彼女を妻にした〟

〝この国は魔女に乗っ取られた〟

――そうじゃない。そのどれもがただの噂だ。今なら信じられる。

ハイネは泣きそうになるのを我慢して、言葉を繋《つな》ぐ。

「どうして愛したのが、シエラさんだったのですか？」

「聞きたい？」

「聞きたいです」

「娘に初恋の話なんて、あんまりしたくないものだが」

「初恋、だったんですか」

「……なんかやだなぁ」

「お父様。早く、続きを」

先をせがむ娘に父は弱いのであった。

「……昔ね。ハイネが生まれるより少し前――四年ほど前か。私が今のハイネより少し若いくらいのときだ。まだ十六だったかな？　そんなときに、シエラはこの城にやってきた」

それはハイネが知っている事実と変わらなかった。魔女がエスティードにやってきたのは今から二十数年前だと聞いている。しかしその経緯は知らない。想像したこともない。語られてきたのは、ある日突然この国を乗っ取った魔女の話。

「家出少女が転がり込んできたみたいなかんじだったなー。借りてきた猫みたいにおとなしくしていたかと思ったら、魔女扱いしないと怒るし。急に城が賑《にぎ》やかになった」

「……ん？　それは何の話ですか？」

「シエラが来たときの話だ」

「ええ……」

今まで聞いてきた話とあまりに違う。

「至高の魔女……」

「そう、これは至高の魔女の話。シエラはあんな風に傍若無人《ぼうじゃくぶじん》に振る舞ってはいるけど、とても寂しがり屋だ。なのに一生を一人で生きていく宿命を背負わされた」

「一人で……？」

「魔女の一族の話だよ。その話はまたいずれ」

ゼロサムは含みをもたせて微笑《ほほえ》んだ。

「寂しくないわけがないよな。永遠の命を持って生まれたばっかりに、周りはみんな自分を置いて逝《い》ってしまうんだから。寂しくないわけがない」

「……シエラさんは、呪いが使えるんでしょう？」

魔女は呪いによって、人を永遠に年老いず死ねない体にできる。その言い伝えは、現に目の前に不老不死の父親がいるのだから信じざるを得ない。

呪いが使えるのならば、手あたり次第呪いをかけて自分が寂しくない世界をつくることもできたはずだ。ハイネはそれが言いたかった。

ゼロサムはハイネの意図《いと》を汲《く》んだようで、頷いて話を続けた。

「ハイネの言う通りだね。彼女にはそれができる力があった。シエラだってわかっていたと思うよ。でも彼女は決して人を呪おうとはしなかったんだ」

「……どうして？」

すぐに疑問には答えてくれず、彼は遠い目をして思い出しながら語る。

「シエラが不老不死の呪いをかけられると知ると、強欲な者たちは乞《こ》い始めた。『永遠をくれ！』と。安易に、彼女の気も知らないで。遠方の小国の王子、不治の病《やまい》の子を抱えた母親。たくさん来たなぁ」

そこでちくりとハイネの胸は痛む。頭に浮かんだのはアレンのこと。母親を生かすために永遠の命を魔女に乞うた、幼い日の彼もその強欲な者たちの中の一人だ。――強欲だろうか？

大切な人に生きていてほしいと願うことが、本当に？

「その度シエラは『価値がない』って突き放して、彼女は自分に近づくすべてを疑った」

「……価値が、ない」

「そう。永遠を生きることに価値なんてないんだって、彼女は口癖のように言っていたよ。永遠なんかよりずっと、限られた命を精一杯生きることのほうが尊《とうと》いんだって。……まあ彼女は口下手《くちべた》だったから、そんな風に丁寧《ていねい》に説明はしなかったけどね。逆にわざと冷たい言い方をして突き放してたな」

「そ、れは」

——意味が違う。もしシエラの言葉がそんな意味を持っていたなら、アレンは誤解をしている。あの日、アレンは〝人には永遠を生きる価値がない〟と見下された言葉に傷ついていた。でも今の話じゃあ、まるで……。

ハイネが受けている衝撃に気づかぬまま、ゼロサムは話を続ける。

「永遠の命を乞う者を遠ざけて、彼女は余計に一人になった。馬鹿《ばか》だろう？　彼女は至高の魔女なのに、誰のことも呪えないでいたんだ。すべてを疑うような目をして、本当は全部愛してた」

言わなきゃ、と思った。アレンに本当のことを伝えなきゃいけない。あの日、魔女が価値がないと貶《おとし》めたのは、あなたの母親のことではないのだと。永遠なんて不要なものなのだと、彼女はそう言っていたのに。伝えなきゃ。——でも、どうやって？　彼は四年前に姿を消してそれっきり。

シエラもシエラだと思う。なんだってそんなに不器用なんだろう。

しかし、ハイネはこの話で確信した。ハイネがずっとあの傍若無人な継母のことを憎めずにいたのは、彼女の本質が本当は温かだから。

「たった一人で生きていく覚悟を彼女は決めていたんだ。その時、私は〝この人は絶対に自分が幸せにする〟って決めたんだよ」

「……だからお父様は」

呪われたのだ。強欲に永遠の命を欲したからでもなく、ましてや、魔女に恐れをなしたからでもなくて。ただ純粋に。

「重たい荷物は二人で持つといい。半分なら、歩けないほどじゃない」

十八歳の無邪気な顔で、国王は照れ臭そうに笑った。

「何より、私はシエラに恋をしていたからね」

5. 国王と魔女の馴れ初め話　〜魔女シエラの回想

その日、塔《とう》にやってきたゼロはやけにすっきりした顔をしていて、上機嫌だった。

「何か良いことでもあったの？」

部屋に来るなりぎゅっと抱きしめてくるのはいつものことだ。特に抵抗することなく、ぽんぽんと彼の背中を叩くと、「んー？」と気の抜けた声が返ってくる。

（この男は、本当に……）

十八の姿なのを良いことに、いつまでも甘えてくる。もしかしたら四十ほどの姿でも変わらなかったのかもしれないけど……。

先日ここに辿《たど》りついてしまったマスカルヴィアの王子も、さすがにゼロのこんな姿は見たくなかっただろう。よかった。あの日は幸いにも、彼は俺様な男の演技《ヽヽ》をしていたから。

「こうやって会えるのが良いこと以外何だと思うの、シエラは。きみがこの塔に移り住んでもう二十年以上経《た》つけど、会えないことにはいつまでも慣れないな……」

「政務も詰まってるんじゃないの？　ちゃんと寝てる？」

頬《ほお》に触れて顔をよく見ると、少し目元が疲れている。しかしゼロは機嫌よく笑った。

「寝てる寝てる。仕事は嫌いじゃないからいいんだよ、別に。ただ……奥さんと四六時中一緒にいられないのだけは、なんとかなんないかなぁ……」

「……今日はデレデレなのね」

「この間の俺様キャラが不評だったからね。これでもきみに飽きられないように頑張《がんば》ってるんだよ？　どういう態度を取ればドキドキしてもらえるか研究しているんだけど、今んとこヒットしないねぇ」

「ゼロ」

「ん？」

「キモいわ……」

「ははっ」

抱きしめられている状態で、耳の後ろから笑い声がする。この男は本当に、非難しても罵《のの》っても効果がない。真正のマゾヒストなのか、そんなことも超越して、ただ単にアホなんじゃないかと思うときがある。というか、たぶんアホなのだ。そうに違いない。

――そうでなければ、誰が自分から望んで呪われたりするだろう？

きゅっと、彼の背中にまわした手に力が入る。

「……ねぇ、ゼロ」

「なんだい？」

「呪いを解いてあげましょうか」

そう尋《たず》ねてはみたものの、そんなことが本当にできるのかは確証がなかった。少なくともシエラはその方法を知らない。けれど何かあるはずだ。探せばどこかに呪いを解く方法があって、彼を普通の人間に戻すことができる。

シエラは今でも、ゼロに呪いをかけたことをどこかで悔いている。そんな気持ちを知っているはずなのに、ゼロの返事はいつも決まっていた。

「いや、いい。自分が老けるのは、やっぱり想像したくないね……」

「そんなこと言って……。ハイネに呪いをかけないのは、不老不死が不幸だと知っているからなんでしょう？」

「どうかな。ハイネにとっての幸せが、ここには無いだけで」

「あなたの幸せって？」

「いつまでもきみに似合う男でいること、かなぁ」

「馬鹿《ばか》ね」

「一生付き合うよ」

〝きみが寂しくないように〟——そう、直接言葉にはしないけれど。ゼロの振る舞いからはいつだって、言葉にしなくても伝わってきた。

彼はいつも、自分が甘えるフリをして上手にシエラを甘やかす。

うっかり抱き返してしまったことが急に恥ずかしくなってきて、シエラはゼロの背中にまわしていた手をそっと離し、距離をおく。ゼロもそれに気づいてシエラを解放し、下から顔を覗《のぞ》き込んだ。

「照れた？」

相変わらず楽しそうに笑っている。

「照れてない」

「やっぱりストレートなのが一番キュンとくるのかねぇ」

「照れてないったら。ほんとに今日、ご機嫌ね」

「うん。ちょっと、出会った時のことを思い出して」

「……出会った時のこと？」

「うっわ、渋い顔」

ゼロの言う通り、シエラは渋い顔をしていたのだろう。思い出すだけでも口がひん曲がってしまう。ゼロと出会った頃、それは屈辱《くつじょく》だらけの日々。

「……あなたのお父様は本当に、厄介《やっかい》な人だったわ……」

「だろうねぇ」

けらけらと笑うゼロに対して、シエラは重たいため息をつく。

「世界中から逃げて、この城に流れついた私のこと、完全に家出少女扱いするんだもん。不老不死になんてこれっぽっちも興味を示さなかったわね」

「親父《おやじ》は自力で長生きする気満々だったからなぁ」

「私のほうが年上なのに、何度言っても小娘扱い。何回〝焼き払うぞ！〟って脅《おど》したことか」

「ははっ」

「……それでも、しばらくこの城にかくまってくれたんだから、感謝するべきなんでしょうね……」

機嫌よく笑っていたゼロが、急に〝すんっ〟と遠い目をする。

「……でも普通、思春期の王子の屋根裏に女の子隠すかな？」

「思春期だったの？」

「まっさかりだよ」

苦悩に満ちた夫の顔を見て、シエラは思ったままをぽろりとこぼす。

「誰も、王子が魔女に手を出すなんて思っていなかったんでしょう」

「……」

「……」

「……今のはなんか、すごく私がチャラいみたいな表現じゃなかったか」

「気のせいじゃない？」

不服そうにしてみせるゼロが少しかわいい。そう思ってしまう自分は少し不謹慎《ふきんしん》だ。〃いけない〃と努《つと》めて真面目な顔を作りながら、シエラも思い出していた。

ゼロに初めて出会った時。お互い十八の姿のままなので忘れそうになるが、あれはハイネが生まれるよりも前。もう二十数年も前のことだ。

永遠の前では、吹けば飛んでいってしまいそうな時間しか、まだ経っていないのだけれど。

＊＊＊

――ダンヴェルトめ。

シエラは、自分が押し込まれた屋根裏を眺《なが》めてうんざりした。掃除は行き届いている。埃《ほこり》は目立たない。しかし、狭すぎる。「すまんな、ここしか空いてないんだ！」と言ってダンヴェルトはガハハと笑ったが、絶対に嘘《うそ》だ。こんなに大きな城ならば、使っていない部屋の一つや二つあるだろう。なぜ自分がこんな嫌がらせを受けているのか。自分は至高の魔女ではなかったのか――？

ずっとその身を追われていたシエラだったが、この国の王があまりにぞんざいな扱いをするので自分を見失いそうになっていた。

不満はあるが、しばらくここで暮らすことに変わりはない。行くところもなかったので、人目に触れずに暮らせる場所があるだけでも有難いことだと、自分を納得させる。

屋根裏からこっそり下を覗くと、そこはなかなかに立派な部屋だった。大きなベッド、華美な飾りはないが、いかにも素材が良さそうな、シンプルで格調高い家具たち。クローゼット、チェア、チェスト。誰かがここに暮らしているのは間違いない。そして暮らしているのはまあ位《くらい》の高い人物だろう。

誰が、魔女を屋根裏に住まわせることを許可したのか。そんな物好きな人物と生活を半分共にすることに不安を覚えるシエラだった。

ガチャ、と扉が開く音がして、シエラは慌《あわ》てて屋根裏に首をひっこめる。

「——誰かいるのか?」

若い男の声がした。気配を消すのはうまくなったはずなのに、どうしてわかったのだろう。

シエラは出ていくべきか迷った。男の口ぶりからして、今日から屋根裏に魔女が住む、という事実は知らされていないらしい。

(あのクソ国王……紹介くらいしといてよ!)

出ていって自己紹介するか、どうするか。

「誰かいるのかと訊《き》いている」

迷っている時間はあまりなさそうだ。「誰かいるのかと訊いている」なんて、誰もいなかったら恥ずかしいことこの上ないセリフだな……と思いながら。彼が確信しているとわかって、観念する。

「いるわ」

「……女？」

返事をすると男は黙った。男の声は若い。一人なら、どうにか切り抜けられるかもしれない。

そろりと屋根裏から顔を半分覗かせる。正直、拍子抜けした。目が合ったのは、背は高いがまだ少年と言ってもよさそうな、そんな年頃の男だった。男の端整な顔が不信感をあらわにしている。

「……すごい、白髪の…………座敷《ざしき》わらし……？」

「誰が座敷わらしだ！　焼き払うぞ！」

男の失礼な物言いにシエラは思わず激昂《げっこう》した。どいつもこいつも！　ダンヴェルトからも同じような扱いを受けて、シエラは気が立っていたのだ。

男は構わず同じテンポで話した。

「ああ。もしかしてきみが、至高の魔女？」

やっと正体がわかってもらえたようで安心する。けれど正体がわかった割にあまりリアクシヨンがなくて戸惑《とまど》う。

「……今日から屋根裏で世話になる」

「きみ……それ了承したの？」

切れ長の青い目を細め、半笑いで〝まじで？〟みたいな顔をする男に、シエラは屋根裏から降りながら思った。

この男が嫌いである。

「聞き分けがよすぎるよ。もっと良い部屋を寄越せって言えばよかったのに。きみは世界が恐れる魔女なんでしょう？」

「……そう言うあなたはなんなのよ」

「ダンヴェルトの息子だよ」

「なるほど。それでこの部屋なわけか」

妙に良いもので揃《そろ》えられたこの部屋は、王子の部屋だったらしい。部屋の主《あるじ》については合点《がてん》がいったが、すると、なぜ王子の部屋の屋根裏に自分を住まわせるのか？　ダンヴェルトの思惑が読めない。

「至高の魔女、かぁ」

「……なによ」

男は無遠慮に、まじまじとシエラの顔を覗いてきた。この男は、目の前にいるのが至高の魔女だと本当に理解しているのか？

「口の利《き》き方を改めてもらえる？　私は、あなたの十倍以上の時間を生きているの」

「おーさすが魔女だねー。長生きだねー」

「だからそれなりの言葉遣いで……」

「でも今は、きみは僕の部屋の居候《いそうろう》だ」

ね、と人懐っこく笑う。突きつけられた〝居候〟の二文字にシエラは衝撃を受ける。ダンヴエルトといいこの王子といい、本当に！　この親子は魔女のことをなんだと思っているのか！

シエラが静かに憤《いきどお》っていると、男は腕を組んで困った顔をしていた。

「それにしても、年頃の男女を同じ部屋に放り込むってどうなんだろうな……」

「は？」

「いや、まあいい。仲良くしよう。僕のことは〝ゼロ〟と」

そう言って、何の疑いもなく差し出された手に、シエラは戸惑いながら自分の手を重ねる。

「ゼロ」

「そう。きみの名前は何というの？」

「……シエラ」

「シエラか、似合うね。よろしく、シエラ」

それが、魔女と王子の始まりだった。

それから始まった王子との共同生活は散々なもので、天井一枚を挟んだ暮らしにはやはり色々と不都合が生じていた。例えばこんなこと。

「シエラ」

寝そべる床の下のほうから、ゼロの声がする。

「……」

「シーエーラー」

無視を決めこもうとしても、なぜか起きていることがバレてしまっている。

「……なに」

「ちょっと下に降りて来てよ」

「断るわ……」

「お願いだよシエラ！　困ってるんだ！」

その演技がかった声に嫌な予感はしたが、覚醒《かくせい》したばかりの頭はさっぱり働かず、枕を抱きかかえたまま、渋々、言われた通りに屋根裏から降りる。

「なによこんな朝っぱらから……って、ちょっと！　なんでハダカなのッ⁉」

「わわ」

ボスッ、と両腕に抱えていた枕を投げつける。なんだこのありがちなラブコメ展開は！

両腕に枕を挟んでキャッチしたゼロは、上半身に何も纏《まと》っていなかった。シエラは不可抗力でその素肌を見てしまう。若い異性の体。服を着ていると細く見えるのに、鍛《きた》えているのか、ゼロの裸体《らたい》はしっかりとした筋肉で引き締まっていた。

「ごめんって。でも本当に困ってたんだ。これ見て」

ゼロの上体から懸命に目をそらしながら差し出されたものを見ると、それは彼の両手にかけられた服だった。片方の手には濃紺のジャケットに金のベスト。もう片方の手にはダークブラウンの上品なフロックコート。

「今日はマスカルヴィアの国王がやってくるというのにすっかり忘れてて。他国の王がやってくるなんてエスティードには滅多にないことだから、侍女《じじょ》たちも他の準備に追われていて自分で支度をしなきゃならないんだ……どっちがいいと思う？」

知らんがな！

そう一蹴《いっしゅう》したい気持ちを抑える。冷静にならなくては。相手はまだ十六歳の人間の子どもで、自分よりずっとずっと短い時間しか生きていないのだ。そんな存在の一挙一動に目くじらを立ててどうする？　それは至高の魔女の振る舞いにふさわしくない……。自分に言い聞かせて、シエラは余裕の微笑《ほほえ》みを見せた。

「ゼロ。あなたはいずれこの国の王となるんでしょう？　それなら自分をどう見せるのかくらい、自分で考えなさいな」

「僕はきみの好みを訊いている」

「……私？」

「きみの好みがわからなくて、困っているんだよ」

　そう言うゼロの瞳はまっすぐで照れも何もない。だから逆に、なんだかこっちのほうが恥ずかしくなって。後ずさろうとすれば、それ以上にゼロが近づいてくる。

「別にマスカルヴィアの王にどう思われたって、そんなことはどうでもいい。何を着たって僕は良くも悪くも国王の息子だ。それ以上にも以下にもならない。きみは？　どっちを着てる僕になら見惚《みと》れてくれるだろう」

「ば、かっ……どっちも、どっち……それ以上ハダカで近寄んないで！」

　魔女の威厳も何もあったものではなかった。必死に両手で彼の胸を突っぱねようとする様は、ただの少女のようで情けない。

「選んでくれるだけでいいのに」

　どっち？　とゼロは懲《こ》りずに訊いてくる。答えるまで引いてくれる気配がまったくないので、シエラは本当に、本当に不本意ながら指をさす。

「こっ、ち」

　濃紺のジャケットに金のベストのほうを選んだ。

「そう、よかった。僕もこっちのほうがいいと思ってたんだ」

そう言って彼は、嬉《うれ》しそうにジャケットとベストを抱えなおした。

やっと解放されて、シエラは密《ひそ》かに胸を撫《な》で下ろした――その時だ。コンコンッと小気味よいノックの音がする。

「あ」

まずい。

『ゼロサム様、お着替えはお済みですか？　まだでしたらお手伝いいたします』

扉の外から呼びかける声は侍女のようだった。シエラも何度か耳にしたことがある。いつも屋根裏から部屋の様子を窺《うかが》って聴いていた声だ。

「だめ、ゼロ……見つかるのはまずい」

「え？」

「知られちゃだめなの」

ドアの外に漏《も》れないよう小声で伝えると、ゼロは困惑した顔になった。

『ゼロサム様？　開けますよ』

「っ」

ドアノブがまわされる気配がしてドアが軋《きし》む音がした。とっさにシエラは屋根裏に逃げ帰ろうと脱兎《だつと》のごとく走りだしたが、ゼロの腕に捕まる。

「っ、離っ」

「間に合わないよ。——任せて」

そう耳元で囁《ささや》かれたかと思うと、ふわっと体が宙に浮いて。——一瞬遅れて、ベッドに押し倒されたのだとわかって。ドアが開く。

「あぁなんだ、いるんじゃないですか、ゼロ……サム、様……」

侍女の声が尻すぼんでいく。シエラの視界は枕で覆《おお》われていて、何も見えない。

「すまない、取り込み中だ」

「しっ、失礼しました！」

侍女は声を裏返らせて、走って部屋をあとにした……ような音がした。そろりと枕をどかして状況を確認すると、未《いま》だに上半身裸《はだか》の王子が自分の上でマウントポジションをとっている。

「……王子が密事に耽《ふけ》ってるみたいな噂《うわさ》が流れるんだろうね」

「……王子最低」

とっさに機転を利かせたものの、ゼロもしくじったという顔をしていた。

「顔は、うまく隠せたと思うけど。知られちゃだめっていうのは？」

「……私がこの城にいることは、ダンヴェルトとゼロしか知らない。至高の魔女が城に住み着いてるなんて知れたら大事になるでしょ」

「なるほど、それでとりあえずは屋根裏だったのか。……きみはそんなにすごいの？」

やっぱりわかっていない。シエラは呆《あき》れてふんと鼻を鳴らす。……それにしても、いつまでこの体勢なんだろうか。顔がすぐそこにあるというのは、どうにも心臓に悪い。

「もう侍女も来ないでしょう」

「あぁ、そうだね。いや……照れてる顔が面白くて」

「照れてない！」

「さっきから思ってたんだけど、男の裸《はだか》くらいでどうしたの？　何百年も生きてきた至高の魔女は人生経験豊富なんじゃないの？」

　そう言ってゼロの細い指が、頬に触れる。シエラは動揺していた。絶対に。この男にだけは絶対に、悟られてはいけない。不敵な笑みを浮かべてみせた。

「……当たり前じゃない。あなたの十倍以上は生きているのよ？　豊富なんてもんじゃないわ。ナメないで、ヤりまくりよ！」

　一気にそうまくしたてて後悔する。

（なんというビッチ……！）

　いきすぎた嘘に、さすがに彼もポカンとしていた。

「……ふーん」

　そう言って含みのある笑いで、ゼロはシエラの上から降りた。先ほど選んだ服に袖《そで》を通していく。シエラはといえば、まだ心臓がバクバクと大きく鳴っていた。

　人間と同じように、魔女だって人それぞれだ。恋多き者もいれば、初恋は五百歳を超えてからだという者もいる。だって魔女たちは焦《あせ》る必要がないのだから。恋はいつでも自分が好きなときに、気の向いたときにすればそれでよかった。

――のんびりとした日常が揺らいだのは、屋根裏に転がり込んでしばらくしてからのことだ。近隣の国で山火事が起こったらしい。それは一夜にして一つの山を焼け野原にした大事件だったようで、ゼロは朝から視察に行っていた。

人間で言えばまだほんの子どもなのに、よくやっているなぁとシエラは思っていた。……というか、本当に奴は子どもなのか？　時々大人のような顔をするし、たまに異常な色気で迫ってくるものだから困る。シエラは悶々《もんもん》としながら屋根裏をころころと転がっていた。

不意に、扉が開く音がしてシエラは転がるのをやめる。ゼロが不在にしている間、侍女たちが部屋の清掃をする。その間シエラはいつも、物音をたてないようにだけ気をつけて、本を読んだり編み物をしたりと好きなことをしていた。

しかし、その日たまたま耳にした侍女たちの噂話は、シエラにとって無視できないものだった。

「最近やけに他国の方々が城にやってくるようになったわよね。こんな小国に一体何の用があるのかしら」

「やだ、知らないの？　どこから出た噂なのか、エスティードが魔女をかくまってるって噂」

「え、魔女？　ってあの至高の魔女!?　永遠の命を与えられるっていう……」

びくっ、と、シエラは自分のことだと気づいて体に緊張を走らせる。

「そんなのエスティードなんかにいるはずないのにねぇ」

「それがそうでもないみたいなのよ……。城下で、一度魔女を見たっていう奴まで出てきてね」

「えー？　面白がって言ってるだけじゃないの？」

どくん、どくんと心臓が脈打つ。ここに来たとき、誰かに見られていた？　少なくとも何人かは自分がこの国にいると気づいている。……また、逃げ回る日々に戻るのだろうか？　そんな不安が頭をもたげる。

追い打ちになったのが侍女たちの次の言葉。

「侍女の一人がね。この間この部屋で、ゼロ様が女といるのを見たんですって」

――緊張のあまり変な声が出そうになる。それは、間違いなくあの日のことだ。

「おっ……女!?」

「そうなの。最初は侍女の誰かを連れ込んだんだろうって、ゼロ様も意外と大胆なのねーって面白がってたんだけど……じゃあその侍女は誰？　ってなった時に、この部屋に近寄れる人は限られているから、誰も候補にあがらなくて」

「えぇ……」

「しかも……その女の、顔は見えなかったらしいんだけどね？　ベッドに広がっていた髪は完壁な白髪だったって言うのよ！」

「ゼロ様が魔女と……？」

「魔法で洗脳されてるんじゃないかって噂。そうなると魔女は、今もこの城に潜《ひそ》んでいることになるわね……」

「やだ！　怖い!!」

シエラは屋根裏で、ぎゅっと自分の体を抱きしめた。まさかこんなに潜伏を疑われていたとは、思わなかったのだ。ここにいてはいけない。ゼロに迷惑をかけてしまう。そう思うのと同時に、違う感情も湧《わ》き出ていた。

（洗脳なんてしてない）

なぜ侍女たちの会話の中で、その言葉が頭にひっかかってしまったのか。シエラはまだその意味もわからずに城からの脱出を決めた。さよならの挨拶《あいさつ》も必要ない。ゼロに悟られたら止められてしまうかもしれないから。決行は、夕方ゼロが帰ってくるまでに。そう決めて、シエラはせかせかと少ししかない荷物をまとめ始めた。


逃げるとなったときに、シエラはとりあえず森へと逃げる。茂みに隠れていればしばらく見つかることはない。とにかく一度城を抜け出して、ゆっくりとこれからのことを考えなければいけないと思った。

昼間の城内を誰にも見られず移動するのは至難の業《わざ》で、シエラは途中、何度も人に見られそうになった。せめて侍女の服でも奪うことができれば楽なのだが。そう思い至ったものの、万一ゼロにその姿を見つかった時に腹が立つほど喜ばれることは目に見えていたので、その作戦はナシにした。先ほど話題にされた長い白髪が隠れるよう、ゼロの部屋にあった布きれを頭から被《かぶ》るだけの変装で脱出を試《こころ》みる。

人目をかいくぐって、最後に城壁をよじ登って脱出したとき、胸の中に安堵《あんど》が広がる。しかし同時に不安になった。この城のセキュリティーは大丈夫なのか？　ゼロは、ダンヴェルトは、命を狙《ねら》われたことがないのだろうか？　——もう関係ないか。自分がここへ戻ってくることは二度とない。そう割り切って、シエラは一度もエスティード城を振り返ることなく森へと向かった。

森なら見つからない、と、どうして信じていたんだろう。

「こんなところで魔女にお目にかかれるとはな」

にじり寄ってくる輩《やから》は、その手に短刀を持っていた。一歩近寄られるたびに、シエラは一歩後ろに引くが、逃げられないことはわかる。

（囲まれてる……）

後ろからも気配がして、ちらと振り返ると仲間と思《おぼ》しき連中がいる。十人ほどの山賊に囲まれて、シエラは絶体絶命のピンチに立たされていた。

「……やだわ、魔女？　何言ってるのお兄さんたち。丸腰の女の子相手にこんな大勢で取り囲んだりなんかして」

　プライドを押し殺してしらばっくれてみたが、一笑に付されただけだった。

「そうやって逃げ続けるのは難しいんじゃないか？　至高の魔女。お前のツラはもう割れてるよ。それにその白髪。大変だなぁ？　目立って仕方ねぇだろ」

「っ」

「しかしまぁ驚いた。本当に歳《とし》をとらないんだな。どっからどう見てもただのお嬢ちゃんだ。かわいらしいねぇ……」

　不躾《ぶしつけ》な手が頬に伸びてきて鳥肌が立つ。

「私に触るな！」

　ばしっと叩くと男の手ははじかれて、下手《へた》に刺激してはいけなかったと後悔する。男はにたりと笑って、短刀をギラつかせた。

「どんなすんごい力を持ってんのかと様子を見てたら、すごい魔法が使えるってわけでもなさそうだな？　ほんとに丸腰の女の子じゃねぇか」

「……魔法なら使えるわよ」

「どんなだ？　見せてみろよ。ほら、少しだけ待ってやる」

「……っ」

魔法なんて使えない。〝焼き払うぞ！〟とよく口にするのはただのはったりだ。口癖のようにそう言えば本当にできる気がして、堂々としていられた。

人を呪うしかできない自分が本当に情けない。

――どうして自分は魔女なんだろう？　どうしようもなくって、不意にそんな疑問が湧いてくる。もし私が人間だったなら。こんな風に追われることもなく、あの城にいられたのかな。

もう少し、ゼロと……。そんな気持ちがこみ上げてくる。

山賊の男は宣言通り少しだけ待って、くつくつと喉《のど》で笑った。

「……おもしれぇなぁ、魔法も使えない魔女なんて！　それじゃあ……不老不死の魔女は、殺しても死なないのか、試してみるか？」

こんな風に、面白がられて嬲《なぶ》られて、三百年が過ぎた。

永遠が何になるだろう？

だって世界は、こんなにくだらなくて、汚い。

「……らい」

「あ？　何か言ったか？」

大嫌いだこんな世界――と言ったつもりだったけれど、唇《くちびる》は空《から》ぶって音にならなかった。それは途中で、こちらを見ている存在に気がついたから。

不敵に。
下品に笑う男の向こうで、よく知っている彼が笑っている。深い青色の目を細めて、口元は
（――どうして？）
本当にくだらなくてどうしようもない世界だ。でもこんな世界でも、一つだけ、興味を持ったことがある。まだ私自身がよく知らないこの感情は、きっと、私の世界を明るく照らす。

精一杯、微笑み返した。

「何とか言えよ至高の魔女、なに笑ってんだ」

「……………わ」

「んん？」

「来てくれなくたって、魔法で焼き払えたわ」

「……何言ってんだお前？」

まだゼロに気づいていない男が、間抜けな感じでそう言った。

ゼロは首をすくめて声を発する。

「それは余計なことをしてごめんねー、シエラ。でも僕は、ちょっと怒っているんだが？」

ゼロは一人で、何のためらいもなく渦中《かちゅう》へと踏み込んできた。その姿は気品があって、威厳

があったけれど、囲まれている状況には変わりない。男は眉《まゆ》を上げて笑った。

「……これはこれは、たまげたな。エスティードの王子様じゃあないですか。こんなところで、何をしていらっしゃるんで？」

「僕の家の居候を迎えに来た」

「居候……？　やっぱりか！　エスティードが魔女をかくまってるってのは本当だったんだな」

「ゼロ……！」

あっさりばらしてしまったゼロに焦り、シエラは慌《あわ》てて駆け寄った。するとゼロは本当に怒っているようで、いつもよりずっと低い声で話しかけてくる。

「なんで森に逃げたりしたの、シエラ」

「だっ……て……」

「もうちょっときみは図々《ずうずう》しく、至高の魔女らしくしててくれ。じゃないと……。優しすぎて、きみが傷つくよ」

何を言ってるんだろう。なんでそんな甘い、優しいことを言うの？

シエラが戸惑っている間にゼロは剣を構えた。この王子は戦えるのだろうか。不安で心臓がぎゅっと縮むが、魔法なんて頑張っても使えない。呪いだってやっぱり使えない。人間なんて簡単に死んでしまうのに――。

「すぐ終わるから、シエラ。大丈夫。少しだけそこの陰《かげ》で、目を閉じて待ってて」

優しく頭を撫でられて、初めて素直に言われた通りにする。そうしたって不安は消えない。だけどなぜか信じていた。ゼロは負けない。あんなに優しい声で「待ってて」と言ったそれが、嘘になるとは思えなかった。目を閉じて耳を塞《ふさ》ぐ。

――どれくらい時間が経っただろう。

目を閉じている間はずっと、屋根裏での生活のことを思い出していた。ゼロとは一度も喧嘩《けんか》にならなかった。いつも自分が一方的に腹を立てているだけだったから。

熱を出した日は勉強をさぼって傍《そば》にいてくれた。眠れない夜は板一枚を隔《へだ》てて他愛《たあい》もない話をした。そのどれをも〝幸せ〟と呼ぶんだって、ほんとはちゃんと気づいていた。これからどうなるのかはわからないけど。

次に目を開くときには、抱きしめられていた。

「……ゼロ？」

温かく血の通ったゼロの体が、重いほどに自分に体重を預け、きつく抱きしめている。耳元で優しく低い声が響く。

「……怪我《けが》はない？」

「ん……」

「そうか。ならよかった」

そう言って笑う声は、その顔は、少年そのものだ。ほっとして、ぎゅっと抱きしめ返したとき、シエラは違和感に気づいた。

「……え?」

抱きしめてまわした手のひらに〝ぬるり〟と嫌な感触。

「……ゼロ……!」

悲鳴にも似た声で叫んでいた。取り囲んでいた男たちは一掃《いっそう》されている。すべて片づいた戦闘の跡地の真ん中で、抱きしめたゼロの体はもう何の反応もない。


ゼロはその後丸三日間、目を覚まさなかった。

シエラは屋根裏に住んでいるのをいいことに、侍女が看《み》ている時間以外はずっとゼロの傍についていた。目覚めなかったらどうしよう。もう二度と、その口からからかう言葉が出てこなかったら。その指先が、愛《いと》しさをもって自分に触れることがなくなったら。

こんなにもかけがえのない、大切な者に永遠の命を与えたくなってしまう気持ちが、この時ばかりはシエラにもわかった。けれどそれだけはダメなのだ。どれだけ生きていてほしい人でも、それだけは。自分と同じ思いなんてさせてはいけない。

(好きじゃない好きじゃない好きじゃない!)

恋だと気づくのは、ゼロが灰になったあとでいい。自分か相手、どちらが先に死ぬほうが幸せか。相手を失う絶望感か、相手に喪失感《そうしつ》を与えてしまうつらさか、どちらのほうがマシか。シエラには前者しか選べない。だから、前者のほうがマシだと思うしかなかった。

思わず握る手に力が入ってしまったときだ。ぴくっ、とゼロの手が震えた気がした。

「……ゼロ？」

ゆっくりとその目が開く。

「……シエラ？」

「っ」

目覚めた、と思ったら一気に気持ちがこみ上げてきた。

「な、に死にかけてるのよこの馬鹿《ばか》王子が！　格好良く挑んどいてあっさり刺されてるんじゃないわよ！　どれだけ心配したと思ってるのっ!?　どれだけ私が――……っ、私が……」

「……すごい泣き方するんだなきみは」

ボロボロと大粒の涙をこぼしていることを言っているのか。

ずっと泣いていたからか、声も嗄《か》れてしまっていた。

「死なないでよ……」

「大丈夫だよ。こうしてしぶとく生きてる」

そう言ってゼロは大きな手で、シエラの頭を撫でた。いつもなら〝自分は至高の魔女なのに！〟と非難するところも、今はされるがままでいる。

　その大きな手が、生きて、自分に触れているということを噛《か》みしめていた。

「……あなたが、生きてることがわかってよかった」

「ん？」

「もう、ここにはいられないから。本当はすぐにでも出ていくつもりだったんだけど、そしたらあなたの安否もわからないし……」

「いいよ別に出ていかなくて」

「そんなわけにはいかない。魔女をかくまってるなんて知れたら……」

「ここにいたらいいよ」

「だからっ」

「良いことを思いついたんだ」

「……良いこと？」

　ゼロはゆっくりと上体を起こす。形のいい唇が弧《こ》を描いて、思いついたとびきりの悪戯《いたずら》を教えるように、話し始めた。

「大きな山火事があったのはきみも知っているだろう？　あれを全部、きみのせいにする」

「……はぁ？」

「幸いあの火事は死傷者が出ていないから、ひどい恨みを買うこともない。それにしては大規模な火事だったから、恐ろしくもあるよね」

「どうしてわざわざそんな濡《ぬ》れ衣《ぎぬ》……」

「魔女は怖いんだ」

「っ」

「〝焼き払うぞ〟が口癖のその魔女は、その気になれば一夜にして山を焼き払えてしまうんだ。そんな怖い魔女を襲《おそ》おうなんて思うかな？　僕だったら願い下げだな。尻尾《しっぽ》をまいて逃げてしまう」

「……なるほど」

「きみは誰もが恐れる至高の魔女だ、シエラ」

そう言ってゼロは、シエラの手を取ってその甲に口づけた。シエラの心臓がどきりと跳ね上がる。決して悟られまいと作った仏頂面《ぶっちょうづら》は、ゼロの目にどう映っているだろう。

「恐ろしくって逆らえないよ。それに、うぶな王子がたぶらかされてしまうほど美しい」

「……その話には一つ間違いがあるわね」

「どこ？」

「うぶな王子なんてどこにいるのよ。こんなに……」

手馴《てな》れてるくせに、と言い切ることはできないまま、熱い眼差《まなざ》しに見つめられて何も言えなくなる。ゼロの切れ長の青い目が、シエラだけを映していた。

「シエラ」

「な、に」

「唇にキスしてもいいだろうか」

「んなっ……！」

驚きのあまりシエラは元より大きな目を力いっぱい見開いた。

「なに、なに言っ……」

「きみに口づけたい」

「あなたっ……何歳離れてると思ってるのよ！」

「見かけは変わらないよ」

「あなたといいあの国王といい、ほんとに――」

「もういい？　寒ぐよ」

「待っ……ん……」

初めてのキスも、若き日のゼロサムの部屋でだった。最初の口づけは唇の表面に触れるだけで、けれど長い。たっぷりと時間を置いて、ようやく呼吸をして目を少し開けたところで、彼は下唇をつけたまま言った。

「……胸も触っていいだろうか」

「だめ！」

そうして魔女は、恋に落ちたのだ。

6. 戦乙女に試練　～ハイネ王女の本懐

　ゼロがハイネに対してシエラとの出会いを語ってから数日、エスティードの日々は平和に過ぎていた。ただその中で、ハイネが城下での情報収集により密売人を立て続けに検挙すると、次第にハイネが〝王位継承を狙《ねら》っている〟〝そのために実力を誇示《こじ》しようと躍起《やっき》になって戦っている〟という噂《うわさ》が大きくなっていった。

　そんな噂にハイネが心を揺さぶられることはない。

（そんな勝手な解釈に、踏みにじられてなるものか）

　ハイネには昔からずっと、果たさなければいけないことがある。それが何なのかは、あの時アレンにでさえ打ち明けなかったけれど。

　国王の政務室では今日も報告が行われていた。ゼロがシエラを妻に迎えた真相を知っても、まさかそれを民衆に伝えるわけにもいかないし不満が募《つの》っていることに変わりはない。打開策が必要だった。

二人だけの政務室で城下視察の報告を終え、他国との貿易についてまたハイネが話し出そうとしたとき、立って報告をしていたハイネに、ゼロは椅子《いす》に座るよう勧めた。

「ちょっと、ゆっくり腰を据《す》えて話そうか」

「……はい」

そしてゼロは語り始めた。それは少し前までと、これからのエスティードの話。

「先代、私の父、ダンヴェルトが国王の時代。エスティードは派手な暮らしを一切しない我慢の国だった。豊かになろうと思えばなれたんだ。作物も反物《たんもの》も良質で、国民が金を得る術《すべ》はあった。だけどダンヴェルトはそれを固く禁じた。なぜだかわかるかい？」

「エスティードが小さな国だったから、でしょうか……」

「そう。こんな小国が突然大きな富を得たら、ここぞとばかりに他国に侵略されてしまうからね。だからダンヴェルトは至高の魔女を城に置いた」

「……え？」

それはまた新しい話だ。

「シエラがここに転がり込んできたのは偶然だ。でもダンヴェルトが彼女をここに置くことにしたのには思惑《おもわく》があった。少し栄えたら攻め込まれるような小国には、恐ろしい魔女が住み着いている……と、恐れられるくらいがちょうどよかったんだ」

「でも、そんな」

彼女を利用するみたいな……と思っていたのに、はっきり言葉にできなかった。ハイネのそんな、非難すら入り混じった気持ちを察してゼロは、言葉を繋《つな》ぐ。

「勘違いしないでほしい。当時ダンヴェルトにそういう思惑があったことは確かだが、私の気持ちに嘘《うそ》はない。シエラと結婚したことは、本当は民衆には隠していてもいいと思っていた。だけど王の息子が魔女を妃《きさき》として迎えたと他国にも知れれば、もうエスティードに攻め入ろうという国はなくなる。結果として彼女を利用するようなことをしてしまったんだけどね……。攻め入られることはなくなったけど、相変わらずシエラに永遠を乞《こ》う者はあとを絶たなかったし」

肩をすくめてそう言う父の言葉は、少しも疑わしくない。エスティードのために状況を利用したという話も理解はできた。理解はできて、これからは納得していかなければいけないところだ。

「……でも、今はそれが結果として他国との貿易をも妨《さまた》げている、ということですよね」

「そうだね。侵略されない代わりに貿易を受け入れてくれる国も増えない。だけどハイネの言う通り、この国はもっと豊かになれる。高い技術もそれを扱える人材も、幸いなことにこの国には有り余っているからね」

エスティードには今より栄えるための素地《そじ》があった。国を治めていくならば、それを殺さずに生かしていく道を探らなければならない。

「さて」

ゼロは今までの重い空気を取っ払って、父親の顔に戻って言った。

「どうすればいいだろう？　魔女を恐れて他国が貿易を渋るなかで、国交を広げ、かつ外から侵略されないやり方が、きみに見つけられるかな？」

——試されている。

余裕のある表情で微笑《ほほえ》むゼロサムには、すでに答えが見えているようだった。道があるのなら実行に移さないのはどうしてか。この答えを出せなければ、きっと国王の地位は手に入らない。

目の前で思考に入るハイネに、父親の声が降り注ぐ。

「あのね、ハイネ。打開策を訊《き》いてはみたけれど……。本当は気にしなくていいんだよ」

「……なぜです？」

「ハイネも知っての通り、私はずっと歳《とし》をとらない。ずっと王として王座に座っていられるし、血が途絶えることも気にする必要はない。だからハイネは心配しなくていい。自由に生きていいんだよ」

「……ええ」

（それじゃあダメなのに）

ゼロでさえ、ハイネの本当の目的を知らない。娘の心の内など知らず、ゼロはハイネの幸せを願っている。

やりきれないな、とハイネが思った時、ゼロは思い出したように話題を変えた。

「そういえば、マスカルヴィアの王子がまたここに来るよ」

「そうですか……」

「ハイネも前に見かけたかな？　歳もそんなに離れていないし、これから手を組むべき国だからね。彼は第三王子だが、ハイネも少し話して他国のことを勉強させてもらうといい」

「はい。そうさせていただきます」

それでは、とハイネは、ゼロにやめてほしいと言われていた敬礼をして政務室を去る。

マスカルヴィアの王子のことなんて、今のハイネにはどうでもいいことだった。

7. 王女の婿取り事情　～ゼロサム国王の降伏

ゼロは、政務室を出ていくハイネの後ろ姿を見送っていた。娘の姿が見えなくなると立ち上がり、自分もまた部屋を出た。その足でまっすぐ塔《とう》へと歩いていく。

ふとした瞬間に会いたくなって、それがもう毎日だ。ゼロが塔の最上階に足を運べる日は限られていた。政務の合間を縫《ぬ》って国王が魔女の塔へ通う理由を、誰も「妻に毎日でも会いたいから」だとは思わないだろう。周りからの見え方はどうせ「魔女が事あるごとに国王を呼びつけて言うことを聞かせている」とか、そんなところだ。それはそれで面白いとゼロは思っていた。

魔女は国王を呼びつけて、二人きりの部屋で何をさせているると思われているんだろう？　妄想すると大変面白い。口に出すのが憚《はばか》られるようなことを自分はシエラから命じられたりされたりしているのかもしれない。たまらない。……なんて言ったら、「もう二度と来るな」って言われるんだろうなぁ。

楽しいことを考えていれば時間が過ぎるのも一瞬で、高い高い塔を上るのもゼロにはまったく苦ではなかった。愛《いと》しい人に会うとき、いつだって足取りは軽いのだ。

「二度とここには来ないで」

最上階の部屋に入るなり、それまで考えていたすべての妄想を打ち明けると、案の定、シエラは眉《まゆ》をヒクヒクさせてそう言った。

「シエラにならら痛くされてもいいかなぁとか思っちゃったよね」

「本当に黙って！　さっきから鳥肌すごいんだけど！」

こうして自分が放つ一言一言に過剰に反応する妻を見るのも、ゼロは楽しくてたまらなかった。もっと見たくなって次はどんな言葉で彼女をいじめようかと考えていると、シエラは真面目な顔になる。

「何か聴いてほしいことがあったんじゃないの？」

「んー？」

この魔女は魔法が使えないのに、たまに心を読んでくるから困る。シエラのお気に入りのソファに腰かけると、そっと彼女も隣に座ってこちらの様子を窺《うかが》ってくる。

「ハイネが最近、政務に熱心でさ」

「ああ……前からじゃない？」

「まあね。でも大人になってきたからかな。なんだか、現実味を帯びてきたというか……」

「ふーん……。あなたはハイネをどうしたいのよ」

落ち着いた声でそう尋《たず》ねる妻に、ゼロは微笑《ほほえ》む。粗暴なようでとても聞き上手な彼女を、好きになってよかったと思う。真摯《しんし》に尋ねてくる大きなグリーンの瞳《ひとみ》を見据《す》えて答えた。

「ハイネが本当に王位継承を望むのだとしたら、僕は譲ってもいいと思ってる。あれできちんと国のことを考えているし、今『戒律』を率いているように皆を引っ張っていくこともできるんじゃないかな」

「そうね」

「……でもそんなことを本当に望むだろうか？」

「うーん……」

「ここ数年、娘の気持ちが本当にわからないよ」

思春期なのかな、とゼロは言う。威厳ある国王は、娘のこととなると本当に弱い。シエラはそんなゼロを馬鹿《ばか》にするでもなく、ただ宙を眺《なが》めて何かを考えていた。そして口を開いたかと思うと、こう言った。

「……でもあの子、もしかしたら……」

「え？　何？」

「……なんでもないわ」

「何、言ってよ」

訊《き》いてもふるふると首を振るだけ。こうなるともう絶対に教えてくれない。その代わりにまた大きな瞳で見つめてきて、問いかけてくる。

「最近、贈り物を受け取るようにしているようだけど」

「ああ。贈り物が重要なわけじゃないよ、相手を選んでいる」

「どういう基準で？」

「ハイネの結婚相手として、可能性があるかどうか」

「……なるほどねぇ」

「長男とか絶対嫌だよね？　どう考えても面倒くさいよねぇ？」

「あなた長男じゃないの」

「なにその言い方、トゲがあるな。きみは面倒くさいことなんてないでしょ。姑《しゅうとめ》もとっくに死んでるし」

「……あなた、そのあけすけな言い方なんとかしたほうがいいわ」

「今のところ、先日やってきたフランシスかなぁと思っているんだけどね」

「ああ。あの、彼に似ている男ね」

「そう。少なからずハイネも気にしているんじゃないかな？　彼をもう一度城に招くことにしたんだ。……ちょっと不真面目そうなところが気にはなるけど」

「決めるのはあの子よ」

そう言って諭《さと》してくる。昔は絶対的に自分のほうが優位にいたはずなのに……とゼロは思っていたけど、見当違いだったのかもしれない。

すぐ隣の彼女の手をそっと握る。

「そうだね」

ずっと前から、きみには完全降伏だった気がするよ。

そう思ったことまではさすがに、魔女は読めないだろうなと思った。

＊

——一方、大陸の東、マスカルヴィアでは。

「また、エスティードにですか……!?」

フランシスが驚きの声をあげていた。

「向こうから直々に招待されたのだ。……前回のこちらから申し出た贈り物とは事情が違う。目的はわからないが、早々にエスティードに行く手筈《てはず》を整えろ」

「しかし父上……。私は、その、前回の謁《えっ》見《けん》で、あまり国王にはよく思われていないと思うのですが」

「なに？」

たっぷりと髭《ひげ》をたくわえた、いかめしい顔つきのマスカルヴィア国王。その片目がぎらりと光る。もう片方の目は閉じられ瞼《まぶた》に傷を負っていて、余計にこの王の凄《すご》みを増している。

「まさかフランシス……。何か、粗相《そそう》をしたのではあるまいな」

「いえ、粗相というほどでは」

「帰って来た時は何事もなかったと言っていたはずだ。言え。何をした」

「えーと……」

フランシスの目が泳ぐ。何とか逃げきれないかと考える。他国の離れの塔に忍び込んだと知れば、この国王は実子であることなど関係なく牢《ろう》にぶちこみかねない。それに、あの塔で見た光景を誰かに話すのは憚られた。どう説明していいのかもわからなかった。

「……マスカルヴィアの自慢ばかりしてしまったのですよ！」

「……自慢？」

「お国自慢です。他国の王に謁見するのが久しぶりなものだったのでつい、口がまわりすぎてしまって。つい話しすぎてしまったのです。おしゃべりな私を、王はあまり良く思わなかったと思います」

「そうか……。お前も愛国心を持っていたのだな」

先ほどまでの厳しい目が丸みを帯びる。フランシスはほっとしたことが顔に出ないよう必死で真面目な表情をつくる。

「まあ、しかし……そうか。そういうことならば、お前は行かないほうがいいかもしれん」

「私もそう思います」

「代わりの者を送り込むとしよう」

もう自分が、エスティードの城内に足を踏み入れることはないだろう。

フランシスはそう思っていた。

8. 再会と毒　～ハイネ王女の期待

マスカルヴィアの王子はあれから一週間も経《た》たないうちにやってきた。すでに到着している らしい第三王子は今現在、国王と謁見《えっけん》中だという。

「お待たせしてはいけませんわ、ハイネ様！　急いでくださいませ」

よく慣れた侍女《じじょ》は緩慢《かんまん》なハイネをどんどん急《せ》かす。昔からの付き合いの侍女・ヘラはハイネの服へのこだわりのなさも熟知していて、今日の衣装も衣装ケースの大量のドレスから選ばせるのではなく、二択にまで絞って持ってきていた。

「……しかしだなぁ」

持ってこられた二着を交互に見て、ハイネは頬《ほお》をかいた。

「そんな甘いデザインのものは着られないし、私は団服でいいかと思っているのだが」

「団服!?　だめですよ！　今日はエスティードの王女としての謁見でしょう？」

「しかし……」

「決められないのなら決めて差し上げます！」

そう言って侍女は自分で最後の二着まで選び抜いたものをじっと睨《ね》め、唸《うな》りだした。その姿を見てハイネはやれやれと、一息つこうとサイドテーブルにあった水に手を伸ばし口に含む。

——ガチャン！　と。とっさにコップを乱暴にサイドテーブルに置いた。舌先をえぐるような苦みを感じて、水を飲み込むのをやめた。——毒だ。

（……落ち着け）

「……ハイネ様？」

コップを乱暴に置いた時の割れるような音に驚いて、ヘラはこちらを振り返っていた。気づかれないようにもう一度、そっとコップを持って、飲むふりをして口の中のものを戻す。そして侍女には笑顔をつくった。

「驚かせてすまない。ちょっと手元がくるってしまった」

「そうでしたか！　濡《ぬ》れてはいませんか？」

「ええ、大丈夫」

幸いにもヘラは違和感をもたなかったようで、ドレス選びに戻った。ハイネはシャツの袖口《そでぐち》で口を拭《ぬぐ》う。

毒は確かに自分を狙《ねら》ったものだ。命を狙われること自体は初めてではない。四年前のアレンも然《しか》り、王室で暮らしていれば経験としてあることだ。けれど誰が？　城の中の何者かが謀反《むほん》を企《くわだ》てているとしたら、この国に対して、というよりはむしろ……。

（国王の座を望む、私を狙っているのか）

実権を握ろうとすることが、いよいよ現実味を帯びてきた。命を狙われるということは自分が王座に就く可能性を誰かが危険視しているということ。それは、まったく可能性がないとみくびられているよりかはずっといい。ハイネは拭ったあとの口元を微笑《ほほえ》ませていた。

ヘラの明るい声が部屋に響く。

「こっちです！」

そう言って彼女は熟考の末に選んだドレスをハイネの目前に突き出す。

「絶対にハイネ様に似合います！」

「ああ……どうしてそんなに気合いが入っているのあなたは」

「私には今日、マスカルヴィアの王子がハイネ様を見初《みそ》めるよう全力を尽くすというお役目があるのです」

「……何ですって？」

「ほら姫様ばんざい！」

言われるがままにしていると、あっというまに豪奢《ごうしゃ》なドレスに着替えさせられた。ミントグリーンの、Aラインが美しいドレス。甘すぎないのでこれならまだ着ていられそうだ。

ちょうど着替え終わったその時に、誰かが扉をノックした。

「……どうぞ」

毒のことがあったので一瞬迷ったが、返事をする。〝ギィ……〟と扉が開いてその姿が見えた時、ハイネは、とっさに声が出なかった。だってその姿は。

「……あなた」

この間は数秒見つめて人違いだとわかった。けれど今、目の前にいる男は？　どっちだろう。柔らかそうなブロンドヘアに優しい目元。マスカルヴィアの王子の顔はアレンに似すぎている。

「お久しぶりです。姫」

「……久しぶり、というのは……？」

「先日お伺《うかが》いしたとき、廊下《ろうか》ですれ違って以来ですね」

「……ああ」

やはり人違いだ。アレンは城には戻らない。わかっているのに、それでも視覚は騙《だま》される。

「先日は失礼いたしました。人違いをして、まともに挨拶《あいさつ》もせず……。ご無礼をお許しください。ハイネと申します」

腰を低くして丁寧《ていねい》にお辞儀《じぎ》をする。ドレスを両手で広げてみせるお辞儀は、いつぶりだろう。

「人違い？」

「知り合いに似ていたのです。あなたが」

「その知り合いは、あなたにとって何なのか訊《き》いても？」

「……なぜそんなことを？」

不信感を隠そうとしないハイネの表情に、マスカルヴィアの王子は軽く笑った。

「いえ……どうしてでしょうね。すみません。フランシスといいます」

お手を、と差し伸べられて片方の手をそろりと差し出すと、彼は跪《ひざまず》いて自《みずか》らの唇にハイネの手の甲を当てた。そして下から見上げるようにして笑う。その儚《はかな》い笑い方に、こんな笑い方をする人だったのかと、ハイネは不思議に思っていた。先日すれ違った時とは随分《ずいぶん》印象が変わった気がする。


それから中庭に出て散歩をしながら、少しだけ話をした。前回の謁見では、お国自慢ばかりで国王を呆《あき》れさせてしまったかもしれないということ。マスカルヴィアで今流行《はや》っている娯楽。これから伸びてきそうな産業。それから少しだけお互いのことを。

「騎士団の団長だと伺いました。いつからご自身で前線に立つようになったんですか？」

「四年ほど前です」

「四年で、団長ですか……。すごいな」

「師匠に恵まれました。力や技術だけでなくて戦略で勝つ戦い方を教わって」

「へえ……向いていそうですね。あなたは謀《はか》りごとがうまそうだ」

「……それは、褒《ほ》めているんですか？」

「もちろんですよ」

摑《つか》みどころがない。そんなところまでアレンにそっくりで戸惑《とまど》う。

「フランシス様は、マスカルヴィアでは何をなさっているんです？」

「私は国に関わることは何も。第三王子なんて気楽なものです。今更私に継承権がまわってくることもないでしょうし。することがなくて、部屋で銀細工をつくるばかりでした」

「あなたも銀細工をつくるの？」

「え……？」

「前にいらっしゃった時に、贈り物を持ってきてくださったでしょう？」

これ、と自分の頭についている髪飾りを触る。せっかく贈ってもらった物だから、今日はつけるようにと侍女に言われたのだ。

触れながら、はた、と気づいた。これはシエラに贈られた物だったか。

「……あぁ、つけてくださっているんですね。ありがとうございます」

そう言って彼は愛想《あいそ》よく笑った。魔女へ贈った物なのに、と気分を害した様子もないけれど何かがおかしい。自分が贈った物なのに、髪飾りには気づいていなかった？

「あの、フランシス様――」

その違和感を問いただそうとしたが、別のことが気にとまる。

「……ハイネ姫？」

「すみません、ちょっとだけ席をはずします」

「え？　構いませんが……」

会釈《えしゃく》をして中庭を離れる。気になったことは一つ。視界の端《はし》で見慣れない顔のメイドが俯《うつむ》き気味に廊下を通り過ぎていくのが見えた。お盆にコップをのせて。それはたぶん先ほど自分が口をつけた水で、あとで毒を調べさせようと思っていたものだ。

そっとあとを追う。ハイネの部屋から来たのだと思われるそのメイドは、どこに行く気なのかと様子を窺《うかが》っていると裏庭へと向かっていった。そこはかつてハイネが人目を忍んで武術の稽古《けいこ》をしていた場所。どこからも毒が検出されないようにコップごと処分する気なんだろうか。

（そんなこと、させない）

裏庭に着いてメイドが、スカートが汚れることも気にせずその場にしゃがみこんだとき、物《もの》陰《かげ》から窺っていたハイネは自分のドレスの裾《すそ》をたくし上げた。せっかくヘラが選んでくれたドレスを、破ってしまうのは忍びない。なるべく暴れずに、手刀や関節技だけで切り抜けられたらそれにこしたことはないんだけど……と思いながら、タイミングをはかる。

飛び出そうとしたその時、後ろからしっかりと腕を摑まれた。

「っ！」

背後から近づく存在にまったく気がつかなかったハイネは、驚いて振り返る。

「しっ」

静かに、と低い声が囁《ささや》いた。間近にあったその顔は、マスカルヴィアの王子だった。柔らかいブロンドの髪がハイネの額にかかる距離。優しい目元。それが今は厳しくぴりりと引き締まって、少し怒っている。

「フランシス……」

「あなた、その度胸がありすぎるところはなんとかしたほうがいい。国を治める気があるのならなおさら、個人プレーは身を滅ぼしますよ」

「でも、証拠が……」

「ここで摑んだところでどうなるんです。どうせ本丸の足なんてつきゃしません。それよりも、あの女が雇われたプロの刺客だという可能性は考えましたか？」

「……それは」

手刀や関節技だけで、と考えていた浅はかな自分を思い出す。ちらりと裏庭の様子を窺うとメイドは姿を消していた。深く息をついて彼に向き直る。

「……ごめんなさい。確かに、あのメイドがプロの暗殺者なら、何の装備もない私は命をとられていたかもしれません。あなたに助けられました」

礼を言います、とそっけなく告げると彼はかしこまって、胸に手を当てて一礼をした。

「勿体《もったい》ないお言葉です、ハイネ姫。ご無事で何より」

「……それはマスカルヴィアの王子としての言葉ですか？」

「はい？　何を仰《おつしや》っているのかよく……。確かに私の肩書きはマスカルヴィアの王子ですが、ご無事を喜ぶのは人として当然の……」

「違う」

「……何が違うのです」

「どうしてここにいるの？　アレン」

　確信を持ってそう言うと、じっと見つめた先の彼の口元はにやりと笑った。

「……やっと気がつきましたか」

　ふと空気を緩ませて笑う顔は、四年前にいなくなってしまった人の笑顔そのままだ。

「……マスカルヴィアの王子は」

「大丈夫です。殺していませんよ」

　さらりとそう言われてほっとする半面、心がざわざわする。彼がここにいる理由がわからない。けれど、嬉《うれ》しいのか泣き出しそうな自分もいて。

「お久しぶりです。髪、短くなりましたね……。綺麗《きれい》なロングヘアだったのに」

　手がハイネの髪に伸びる。

「触るな」

　ぱしっと払いのけると、男の手は力なくだらんと落ちた。彼は特段気分を害した様子もなく、微笑んだままだ。

「おぼつかない足取りで棒を振り回していた姫様が、騎士団長ですもんね……。けど無鉄砲は相変わらずだ」

本当のことを言われて押し黙る。彼をアレンだと確信したのは、自分をいなす彼の言葉が、仕草が、四年前のアレンそのままだったから。たしなめられた瞬間は、心を穿《うが》つような動悸《どうき》がした。自分をそうさせるのはアレンの言葉以外にありえなかった。

目の前にアレンがいる。それがハイネには未《いま》だに信じられない。

「……反逆罪で捕まらなかったの？」

「あなたが告発しなかったくせに」

アレンの言う通り、あの日彼が城から消えたことは特に大きな問題にされることなく、数日の間色々な噂《うわさ》が飛び交うだけだった。ハイネは自分が殺されかけたことを誰にも言わなかった。

「どこまで遠くに逃げるべきかと迷っていたんですけどね。いつまで経っても追手は来ない。……なぜ言わなかったんです。あんなに、怖い思いをして」

「怖くなどなかったわ」

自然と昔の口調に戻ってしまっている自分に戸惑う。怖くなかった。それこそついさっき度胸がありすぎると揶揄《やゆ》されたところだが、度胸があるからじゃない。説得できるかもしれないと希望を持っていた。そんなこと今更彼には言わないけれど。

「でも、どうして？　ああして城から出て行って、なぜ今お前がマスカルヴィアの第三王子としてやってくるの」

「本当は王子だったから」

「私は真面目に訊いている」

「……あなたに言うべきかは迷うところですが」

アレンは言いにくそうにしていた。

「俺は、フランシス＝マスカルヴィアの影武者です」

「……影武者？」

「前回の謁見で、フランシスが粗相《そそう》をしたようで。それで今回の呼び出しだったので、魔女や王の逆鱗《げきりん》に触れて王子の身に何かあってはならないと、俺が派遣されたのです」

「……そんなことって」

「姿、似ているでしょう？」

「似ているけれど……」

確かに自分も最初は見分けがつかなかったくらいだ。先日廊下ですれ違ったのは本物の王子だったと知って、今も戸惑っている。

「前回は廊下ですれ違っただけだとフランシスから聴いていたので、銀細工のことを訊かれたときは鎌《かま》をかけられているのかと思いました。本当に贈られた物のようだったので、話を合わせたのですが」

あれも不自然でしたね、と言うアレンに、この髪飾りがシエラからもらった物だということは黙っておくことにした。きっとそのほうがいい。

そして思い出した。誤解を解かなければいけない。昔、少年だったアレンと魔女の間に起きた誤解を、説明しなければ。でもそれも急ぐことはないと思った。

「……また、ここへ来る？」

「えぇ、嫌でも来ることになるでしょうね。影武者として見ていると、マスカルヴィアの国王とあなたの父上は、どうもフランシスをこの国に婿《むこ》入りさせようと企てているようです」

「本当なのねそれ……」

「……姫様が結婚ねぇ」

「……なによ」

「いえ？」

振り払う間もなく、アレンの指が頬に触れる。

「ただ、綺麗になったなぁって思っただけですよ」

*

「ほら、シエラ。おいで。ご覧よ」

「なに？」

塔《とう》の一室、シエラはゼロが呼ぶ窓際まで行くと夫の視線の先を追った。

「……あら」

そこには仲睦《なかむつ》まじそうに、冗談を言い合って笑っているハイネとマスカルヴィアの王子がいる。ゼロは嬉しそうに笑って言った。

「あれなら良さそうじゃない？」

「……そんなに結婚させたいの？」

「え？」

「あなたはもっと親馬鹿《ばか》だと思ってた。ハイネは絶対誰にも嫁にやらない！　って言うんだろうなぁって」

「そう思ってたんだけどね……。同じ時間を生きていく人が、ハイネにも必要だろうと思って」

「……そうね」

「またそんなしんみりした顔して」

〝べろチューしちゃうぞ〟とおどけてきたゼロの顔面を殴り、シエラは窓際を離れていった。

＊

またしばらくゆるやかに日々は過ぎていった。水に毒を仕込まれた日から警戒はしていたが、あれ以降ハイネの命が露骨に狙われることはなく、城下の調査や政務に励《はげ》む日々。時々はフランシスに扮《ふん》したアレンと会って何気ない会話をして。

ある日の昼下がり。一つ気になっていたことをアレンに尋《たず》ねてみた。

「何の目的があって影武者なんてしているの？」

中庭に設けられたテラスでお茶をしながらこの質問をするのは、何か変だなと思いながら。

これはマスカルヴィアの王子とエスティードの王女が距離を縮めるためにお膳立《ぜんだ》てされたセットだ。ここでアレンとこうして語り合うのは滑稽《こっけい》だと思いながら、ハイネは紅茶をすする。アレンは質問されたことにたっぷり間を置いて答えた。

「お給料がいいんですよ、この仕事は」

間を置いたわりにきちんと答えてくれないので腹が立つ。ハイネは質問を変える。

「さっき、私が来るまでお母様と何か話していたみたいだけど」

「ええ、久しぶりにミランダ様をお見かけしたので。フランシスとしてですが挨拶をしておきました」

「正体はバレなかった？」

「バレません。現に昔から仕えていた誰も気づいてない。みんな最初こそ俺の顔を見て驚きますけど、他国の王子にそんな言いがかりつけられませんよ。ミランダ様だってそうです」

「なるほどね……」

　こうして中庭でアレンとお茶をするというのは、昔の身分差では考えられなかったことだ。自然にしていなければと努《つと》めて振る舞うけれど落ち着かなかった。当のアレンは手馴《てな》れた様子でお茶を楽しんでいる。影武者歴が長いのだろうか？

「王子と王女の距離は、順調に縮まっていると思われているんでしょうね」

「そうね……。私がフランシスと結婚したいと言いだしたら、花婿として来るのもアレンなのかしら」

「いいえ、それはないでしょう」

　アレンはばっさりと可能性を切り捨てる。

「フランシスと結婚すると言ったら、もうフランシスの身を案じて影武者を使う理由もない。始まるのはフランシスとの結婚生活ですよ」

「ふーん……」

　訊いてみただけだが、思いのほかがっかりしている自分には、気づかないフリをする。どちらがやってくるからといって、自分がやるべきことに変わりはない。

「アレン」

「はい」

「次にこちらへ来るときは、フランシス自身に来てもらえるようにできる?」

「……何を考えているんです?」

ハイネはただ微笑み返す。アレンが読めなさそうにしている顔は珍しくて見ていて楽しい。

ハイネにはまだ、果たさなければいけない目的があった。

9. 他国の第三王子、再び　～フランシス王子の承諾

「え」

「だから、あなたが直接来いと、そう言付かりました」

影武者の男からそう告げられた時は、生きた心地がしなかった。

「おい待て、直接来いってどういうことだ？　お前は俺のフリしてエスティードに行っているんだろう……？」

「ハイネ姫には一発でバレました」

「さらっと言うな！　っていうか何バレてんだよ……！」

この影武者――名はアレンというらしいが、まったく摑《つか》めないこの男。仕事だけはきっちりこなしていると思っていたが、まさかバレているとは……。フランシスは頭を抱えた。

「直接来いってどういうことだ……？」

「さぁ？」

「姫って、あの女騎士の王女だろ？　怒ってた？」

「怒ってましたね」

「さらっと言うな……！」

本当に摑めない男だった。


かくしてフランシスは、再びエスティードへ。傍《はた》から見ればもう何度目かわからぬ訪問だが、フランシスにとっては実質二回目の訪問で緊張していた。

一度塔《とう》で見てはいけない場面を見てしまった上に、王女は影武者を寄越した自分に腹を立てているという。幸いにも、影武者のことはゼロサム国王には黙ってくれているらしいが、〝従者は置いて一人で来い〟と言っているらしい。一体何を要求されるのか——。

エスティードの城に着くとなぜか客間ではなく王女の部屋に直に通された。そのことに「ほらみろ！」と叫びたい気持ちに駆られる。絶対に何か要求される！

案内してくれた侍女《じじょ》は、部屋の前ですっと離れていった。

「え？」

「私どもはフランシス様をこちらまでご案内したらすぐに立ち去るよう命じられております」

「ああ、そう……」

言葉通り部屋に通すこともなく侍女たちは撤退《てったい》していく。

取り残されたフランシスは余計に緊張した。ごくり、と唾《つば》を飲み込んで、コン、コン……とゆっくり扉をノックする。

「ハイネ様。フランシスです。いらっしゃいますか？」

これでいいんだよな？　と不安になる。アレンが演じるフランシスはもう何度も彼女に会っている。だからフランシスと名乗って、わかるんだよな？

しばらく待つと扉が開いた。中からは、いつか見た女騎士の装《よそお》いとはうってかわって、シンプルなドレスに身を包んだ女性らしい出で立ちのお姫様が出迎える。

「よく来てくれました、フランシス。どうぞ中へ」

彼女は微笑《ほほえ》んで部屋の中へと通してくれた。フランシスは名前を呼び捨てにされたことに戸《と》惑《まど》う。別に腹が立ったわけではなく、ただ単純に戸惑っていた。呼んだ当人は部屋の奥のソファへと導きながら、ぼそりとこう言った。

「申し訳ありません。外だと誰かに聞かれるかもしれないと思ったので……フランシス様。アレンの時はフランシスと呼ばせていただいていたのです。あなたも私のことはどうぞ呼び捨てに〝ハイネ〟と」

「ああ……それなら、そのままフランシスと呼んでくれて構わない」

「ありがとう」

彼女がそう言って微笑むと途端に緊張がほぐれて、口調もざっくばらんになる。これは姫の上手な気遣いだなと一本とられた気分になった。

彼女が黒のシックなローテーブルを挟んで向かいのソファに腰かける。自《みずか》ら紅茶を淹《い》れてくれたようで、エスティードの工芸品らしいティーカップが目前に置かれ、湯気と芳醇《ほうじゅん》な茶葉の香りが立ち込めた。

「騙《だま》すようなことをして申し訳なかった」

フランシスは早速謝罪した。

「影武者に行かせていたこと、謝りたい。せっかくご厚意で招いていただいていたのに失礼でした」

「別に構いません。何か理由がおありなんでしょうけど、それすらも特に問いません」

「……それは有難いが、だったら俺は、なぜハイネの部屋に直接通されたんだろう?」

淡々《たんたん》と語って紅茶をすする彼女によくないものを覚えた。カチャリ、とそっとティーカップを置いて、まっすぐに見つめられる。自然と背筋が伸びてしまう。美しさの中にある青碧《せいへき》の絶対性。眼光は父親譲りらしい。

「あなたにお願いがあります」

「お願い?」

「私と結婚していただけますか」

「……なんだって?」

突拍子のないプロポーズに、フランシスの声は裏返る。まじまじと、ハイネを見つめる。その目はまっすぐにフランシスの双眸《そうぼう》を見つめている。冗談ではないらしい。少しも揺らがない瞳《ひとみ》に、頭が真っ白になる。

「お願いはもう一つあるのです」

「なに、何だ」

まだまったく処理できていないところに畳みかけられて、狼狽《うろた》えながらフランシスは尋《たず》ねた。何を、どうしたら、ほぼ初対面の男に求婚することになる？

「結婚して、あなたが王位に就くとき。――その時は、実権を私に持たせてください」

「……実権」

その生々《なまなま》しい言葉に、腑《ふ》に落ちた。彼女は夫を手に入れることで権力を手にしようとしているらしい。フランシスはあの謁見《えっけん》の後、少しだけエスティードの歴史を調べたが、確かに過去、女が国を治めた例はなかった。

「いずれ、私の父上から王位を継承する日が来ても、私に舵《かじ》を取らせてくれると約束してください」

「……それは俺に何のメリットがあるのかな」

「ないですね」

身勝手なことを言っていることは、彼女も重々承知のはずだ。それなのにハイネの瞳は少しも引く気がない。要求を通す確かな自信が見えた。

「——強《し》いて言うならば、私を妻にできることくらいです」

「……自分にはそれだけの価値があると？」

「価値は、あなたが決めることですから」

傲慢《ごうまん》なことこの上ない。それにもかかわらず、フランシスは彼女のことを「いいな」と思った。そんな発言をする自分のことを、彼女はきっと好きではないのだろう。自分には価値があると匂わせたその唇《くちびる》は、わずかに震えているような気がした。羞恥《しゅうち》。目的のためにこれしか言いようがなかっただけで、本当は謙虚《けんきょ》な人なのだろうな、と察しがつく。

「……いいでしょう、ハイネ姫」

何より、彼女だって魔女に負けず劣《おと》らず美しい。価値は確かにあると思った。そこまで伝えてやるつもりはないけれど。

二つ返事が予想外だったのか、先ほどまで綺麗に微笑をたたえていた顔が目をパチクリさせている。

「……いいんですか？」

「このままマスカルヴィアで生きていたって、兄の治世を眺《なが》めるだけの人生です。それならまだ、あなたの治世を傍で見るほうが楽しそうだし」

その言葉はほとんど本心だった。自分にはまずまわってこない継承権。王子でありながら、自分の人生は取るに足りないものだと思っていた。ならば、なるべく面白いと思えるほうへ。

立ち上がってハイネに手を差し出す。

「契約成立だ、ハイネ。おめでとう」

彼女はまじまじとフランシスの手を見つめ、ゆっくりとその手を取る。

「……よろしく、フランシス」

初めて握った彼女の手は細くて、温かかった。

ゆっくり手を離した時、彼女も彼女で緊張していたのか、要求が通った安心感からか、心なしかその顔は晴れやかだった。

彼女はおどけて口にする。

「愛のない結婚ですね」

「わりと結婚には夢見てたタイプ？」

「いいえ。いつかこうなるだろうなと思っていました」

「これから愛が芽生《めば》えるという可能性は？」

ハイネは微妙な顔をして肩をすくめるだけ。可能性ないのかよ、と一人複雑な気持ちになる一方で、この野心家なお姫様は、恋をしたらどうなるんだろう？　そんな興味が、フランシスの中で大きくなっていった。

二人の間で契約結婚が成立して、その後のことはとんとん拍子に進んだ。マスカルヴィアの国王はよくやったと諸手《もろて》をあげて息子を褒《ほ》めた。ゼロサムは、二人で結婚の報告に行くと、十八歳の容姿には不似合いなほど慈愛《じあい》のある目で「そうか、おめでとう」と祝福してくれた（前に塔で起きたことには少しも触れられなくてほっとした）。ハイネの母であるミランダも嬉《うれ》しそうに目を細め、二人の結婚を喜んでくれた。

二人の婚姻はすぐおおやけに発表され、エスティードはしばしお祭りムードに包まれた。一方のマスカルヴィアでは、一部で「なぜ王子を魔女の国へやったのか」と批判があったが、国王はそれを簡単におさめた。良くも悪くも、マスカルヴィアは権力による統治がうまくなされている。長い批判にさらされなくて済むことはフランシスにとっても有難い。

早急に挙式も行おうということになり、その準備に追われていくなかで、一度だけ。ハイネと、フランシスとアレン、三人で初めて顔を合わせる機会が訪れた。

二人でエスティードに行くのはあまりにリスキーだったが、フランシスがエスティードで暮らすにあたり、アレンがフランシスとして築いてきた人間関係で齟齬《そご》が起きないように根回しをするという目的があった。

人払いを済ませたハイネの部屋で、三人は一堂に会する。

「……驚いた。二人並んでも、本当によく似ているわ」

きょろきょろとハイネはアレンとフランシスの顔を見比べる。

「俺のほうが、髪色と表情をだいぶフランシスに合わせてますけどね」

「え、俺そんな嫌な笑い方する？」

「しているわ」

「ハイネまで……」

げんなりと落ち込むフランシスに、ふふ、とハイネは笑う。

「……楽しそうだな」

「え？　ああ、ごめんなさい。……こんな風に私の部屋で集まって誰かと話すことって、今までなかったから。兄弟もいないし。まあ、それはそれで争いが起きなくてよかったのかもしれないけど……」

契約を結んでからの彼女はえらく素直だが、その分いろんな寂しさを抱えているんだなとわかってきて、どうしていいかわからなくなる。「ハイネ」と、フランシスが何か言葉をかけようとした時、アレンが先に言葉を発した。

「姫様」

「なぁに？　アレン」

同じ顔をした男二人から、それぞれ「ハイネ」や「姫様」と呼ばれると、さすがに彼女も一瞬戸惑うようだ。

「ドレスはもう仕上がったのですか？」

「ええ。ちょうど昨日仕上がったところみたい」

そういえばそんなことを言っていたなと思い出す。一緒に選んでほしいとは言われなかった。

それは契約結婚なのだから当たり前のことかもしれないが、少しだけ面白くない。好みくらい訊《き》いてみたっていいだろうに。

だから、つい憎まれ口が出た。

「へー。それは馬子《まご》にも衣装なんだろうな?」

「あなたのために着るドレスかと思うと、テンションが上がらないわ……」

「かわいくない……」

憎まれ口で返されてフランシスはこっそりへこむ。悪態をつきあう二人と違い、アレンは始終穏やかでいた。

「きっと、綺麗なんでしょうね。見られないのが残念です」

「そっか……。さすがに式典にフランシスが二人いるとおかしいものね」

フランシスがここで暮らすようになれば、アレンは二度とここには来ないだろう。ここにいる三人全員がそれを理解していて、けれどハイネの抱いている寂しさだけが異質であると、フランシスは気づいていた。

帰り際、少しだけアレンと二人で話がしたいと言われ、一人部屋を出る。

扉の前で立ち止まる。人払いをしていると言っていたけれど、誰かがうっかり部屋に入ってくるかもしれない。自分は見張りをしているのだと言い訳して、そっと聞き耳を立てた。

フランシスは、ハイネがアレンに告白でもするつもりなんじゃないかと思った。ここで会うのは今日で最後だと実感して、今しかないと。彼女がアレンに対して特別な感情を持っているのは明らかだ。

しかし部屋の中から聞こえてきたのは赤裸々《せきらら》な愛の告白ではなく、ただ悲痛にアレンに食い下がるハイネの声。

「アレンお願い、話を聴いて！」

「やめてください姫様。ここでその名を大きな声で呼ばれるのは困ります」

「ごめんなさい……」

「……何と言われても意味がありません。誤解だったと言われても、言葉尻程度の話じゃあないですか。そんな些末《さまつ》なことで今更何も変わりませんよ」

何の話をしているのか、フランシスにはさっぱりわからない。

ハイネが黙り込み、アレンが深く息をつく。数秒して、またアレンの声がした。

「魔女を憎いと思ったことは？」

――魔女？

「……ないわね」

「一度も？」

「一度も。憎いと思ったことがないというか……。ずっと、彼女のことをどう思っていいのか、戸惑ってたんだと思う。正直今もよくわからない」

「自分の国を半ば乗っ取られたのにですか？」

「……乗っ取られたということになるんでしょうね、傍目《はため》には。でも……たぶん私、ずっと昔、うんと小さい頃に、あの人に遊んでもらっていたと思うの」

「へぇ」

アレンの薄く笑う声がする。その声を打ち消すように、ハイネが、必死で言葉を紡《つむ》いでいる。

「確かに怖くて摑めない人だけど、嫌いじゃなくて、むしろ……」

「あなたは昔の思い出にすがっているようですが」

「……」

「幼い頃のことでしょう？　自分の中で都合よくでっちあげた妄想である可能性は？　魔女に記憶を改竄《かいざん》されたんじゃありませんか？」

「っ……！」

アレンの質問を最後に、ハイネは黙った。

（……どういうことだ？）

ハイネは継母《ままはは》である魔女のことをやたらに庇《かば》おうとしていて、アレンはそれを頑《かたく》なに拒否している。アレンは元々この城の使用人だと自分のことを話していた。けれどその真偽《しんぎ》すら、フランシスは知らないし、二人の間にあったことなんてなおさら知らない。

　会話のなくなった今の部屋の空気はさぞかし悪いんだろうなと思い、忘れ物をしたフリして部屋に入ってやろうと、ドアノブに手をかけた時。

「姫様!!」

「えっ……」

　部屋の中から張り裂けそうな声でハイネを呼ぶアレンの声がした。

「何があった!?」

　扉を乱暴に開けて中に入ったフランシスは、その光景に絶句する。

　ハイネは腕から血を流して苦しそうに顔を歪《ゆが》め、アレンはそんなハイネを抱きかかえながら、床に短刀を突き刺していた。短刀の先には、白い蛇《へび》。

「医務官を呼べフランシス！」

「なに、なにが……」

「早く！　ベッドに蛇が仕込まれてた。その蛇が持っているのは猛毒だ！」

「猛毒っ……!?」

　わけもわからないまま走り出していた。数回しか来ていないこの城の間取りなんてまだ曖昧《あいまい》で、医務官の居場所なんてわかるはずもなくて。

「おい、医務官はどこにいる!?」

城内の人間に片っ端から声をかけてはそう訊いて、なんとか医務官を見つけ出し解毒剤《げどくざい》を処置させた。

結果的に、ハイネは大事に至ることなく数日寝込んだあと回復した。なぜ狙《ねら》われたのか、心あたりはあるのかと尋ねても、ハイネはただ「わからない」と首を振るだけだった。

得体の知れない気持ち悪さを抱えたまま、もうすぐ結婚式の日がやってくる。

10. 二つの結婚式の話　～ハイネ王女の揺らぎ

「入りますよハイネ」

そう言って控室にやってきたのはミランダだった。

「お母様」

「まあ、よく似合っているわ」

純白のドレスに包まれたハイネの姿を見て、ミランダは口元に手を当てて嬉《うれ》しそうな声をあげた。ロングスリーブのレースをうっとりと撫《な》でながら言う。

「本当にあなたは白がよく似合うわね」

「ありがとうございます」

傍《そば》についていた侍女《じじょ》たちは空気を読み、さっと二人から離れる。大切な日の、大切な母と娘の時間。契約結婚とはいえミランダはそのことを知らないし、何よりハイネは今日、自分以上に周りを幸せにする式を挙げるつもりでいた。そのためにも今日の自分は、誰よりも幸福な花嫁に見えなければならない。それがこの国を少しだけ明るくすると知っているから。

そうやってハイネが決意を燃やしていると、控室に再びノックの音が響いた。

「はい。どなた？」

ミランダが問いかけると、扉の向こうから声がする。

「私よ。ちょっといいかしら」

シエラの声だ。滅多に塔《とう》から出てこないその人の声に、部屋にいた皆がぎょっとする。ミランダは慌《あわ》てて駆け寄り扉を開けた。

「まあ、お妃様《きさきさま》」

「悪いわねミランダ、式の前に。久しぶり」

「いいえ、わざわざありがとうございます。本当にお久しぶりですわ。相変わらずお綺麗《きれい》で……どうぞ中へ」

控室に足を踏み入れるシエラの装いはいつもより華美なものだった。真紅のマーメイドドレスは彼女の美しさを際立たせる。ハイネと変わらない十八の外見も、今はすっかり大人に見えた。その姿に侍女たちはじっと息を飲んで首を垂れる。部屋には薄《うつす》らと緊張が漂っていた。

シエラはそのまままっすぐハイネの目の前まで歩いてきて立ち止まったかと思うと、下から上へとハイネの花嫁姿を舐《な》めるように見て、開口一番こう言った。

「ドレス、ほんとにそれでよかったの？」

「え……？」

「あなた、胸がない上に肩幅あるんだから、ホルターネックで鎖骨《さこつ》見せるほうが綺麗に見えるわよ」

まさかの駄目出しにハイネはぽかんと口を開く。傍に仕えていた侍女が小さな声で「一応ホルターネックのご用意もございますが……」と申し出る。ミランダも困った顔をしていた。

けれどシエラが言うことはもっともで、実際ハイネも、今のドレスが自分に似合っていると
は思えていなかったのだ。

「……じゃあ、そうします」

「そうしなさい」

「もっと早く言ってくだされぱよかったのに」

「仕方ないでしょ。選ぶ日に立ち会ってないんだから」

そう言いながらドレスの後ろのボタンをはずし、ハイネが脱ぐのを手伝う。

「あ」

そこでハイネは気がついた。慌ててミランダのほうを見る。

「お母様、ごめんなさい。ドレス、せっかく選んでくださったのに……」

配慮が足りなかった、と反省する。このドレスはミランダが選んだものだ。ハイネは自分にはあまり似合わないと思っていたが、特にこだわりもなかったので薦《すす》められるままに受け入れた。

ミランダは特に怒った様子もなく笑う。

「いいんですよ。あなたの特別な式なのですから、あなたが着たいドレスを着るべきです」

「お母様……」

「それにしてもシエラ様とハイネは本当に……」

ハイネの着替えを手伝うシエラを見て、ミランダは言う。

「こうして見ると、本当に仲の良い姉妹《しまい》のようですわね」

その言葉を、傍にいた侍女が小さな声でたしなめた。

「ミランダ様っ。王妃様に姉妹と仰《おつしや》っては失礼かと」

「まぁっ、ご無礼でしたわシエラ様。私ったらとんだ粗相《そそう》を……」

ミランダは申し訳なさそうに頭を下げる。

「問題ないわ。ミランダ」

「私、ちょっとお茶を淹《い》れて参りますわ」

「それなら私が」

「いいの。あなたはハイネの世話を」

「はい……」

ミランダは侍女を残して控室を出ていく。

ぱたんとドアが閉じた部屋の中で、残された侍女たちはそそくさとハイネが脱いだばかりのドレスを片づけ、装飾品の準備を始めた。

「……姉妹、ね」

ぽつりとシエラがこぼす。

「いつの間にか同じ歳《とし》の頃の見た目になりましたね。姉妹というよりか今は双子でしょうか」

「馬鹿《ばか》言わないの。私はあなたの何倍も生きてるのよ」

「はいはい」

面白そうに笑うハイネに、シエラは面白くなさそうに口を尖らせていた。

「あなたはこの結婚に満足してるの？」

「え？　ええ」

「そう」

じっ、とシエラはその大きな目でハイネを見つめる。ハイネは戸惑《とまど》って、たじろいだ。

「……顔に何かついてますか？」

「いいえ。髪が乱れているわ。なおしてあげる。ここ座って」

言われるがままに化粧台の前のチェアに腰かけた。シエラは櫛《くし》を手に取り、ハイネの髪を梳《と》かす。あまりない出来事に、ハイネはどぎまぎした。手が触れる感触が少しだけくすぐったい。

「あの、シエラさん」

「なぁに」

「なんで今日ここに来てくれたんですか？」

「決まってるでしょ。お祝いを言うためよ」

（そうなんだ……）

ドレスにケチをつけたり、式を目前に〝この結婚に満足しているか〟と訊いてきたり、とても祝っているようには見えない。

ただ、この人はわかりにくすぎるのだ。こうして髪を触られて、鏡に映る真剣に髪を結う顔を見ていると、本当に祝ってくれようとしているとわかるのに。

「……シエラさん」

「ちょっと、頭動かさないで。なに？」

「私が結婚したら、寂しいですか？」

鏡の中のシエラは表情を変えない。ただ、髪を結う手が一瞬だけ動きを止めた気がした。

「そんなわけないでしょ」

「ですよねぇ」

「だいたいあなた、結婚するっていってもこの城にいるじゃない」

「それもそうです」

「できたわ」

なおしてあげる、としか言わなかったのに。解放されたハイネの短い髪は綺麗に編み込まれていた。シエラは「さすが私！」と満足そうにしている。

「ありがとうございます」

「どういたしまして。ハイネ」

「はい」

「式ではどうぞ笑って。結婚おめでとう」

「……はい」


ほどなくして式典が始まる。パイプオルガンの音が聖堂に響きわたる。朝の光を多分に吸ってきらきらと輝く空気の中、ハイネは決められた手順を思い出しながら祭壇へと歩いていく。一歩ずつ。一歩ずつ。

祭壇の前にはフランシスが立っていた。神父の前で、少しこちらを振り返りながら待っている。彼はこの結婚に何を思っているだろう。無理な条件を飲んでくれた彼は、今後悔してはいないだろうか。

自分の目的のために彼を利用したようなものだった。申し訳なさがないわけではない。アレンが代わりに城に来ていた時間は長かったが、フランシスと過ごした時間なんてその十分の一あるかないかだ。愛のない結婚でも、もう少しお互いのことを知る時間はあってもよかったかもしれない。——それも今更か。

祭壇の前に辿《たど》りつくとゆっくりフランシスへと向き合う。彼がハイネのヴェールをそっと上げる。花嫁は目を伏せたまま。後ろめたくてフランシスの顔が見られなかった。耳元に唇《くちびる》を寄せられて、ぼそりと囁《ささや》かれる。

「……綺麗です、姫様」

「……え？」

呼ばれ方に驚いて、視線を上げると花婿《はなむこ》は微笑《ほほえ》んでいた。

「……アレン？」

半信半疑でその名をつぶやくと、彼は柔らかく笑う。確かに今〝姫様〟と呼ばれた。今目の前にいるのは、フランシスではなくアレンなのか？　事態が呑《の》み込めないまま式は進行する。

「誓《ちか》いのキスを」

神父がそう告げて、それが自然な流れだと唇が落ちてくる。重なる。直前に見えた熱い眼差《まなざ》しに、ハイネの胸には切ない痛みが走った。自分がいま口づけているのは——。こんな気持ちになるのは。幸せを自覚して、ハイネはそっと目を閉じた。

それからのことはよく覚えていない。式典のあとはバルコニーに出て、民衆に手を振った。とても多いとはいえないその人数に、この王家の支持率は本当に危ういところまで落ちているんだなとぼんやり思った。それでも理由をつけて騒ぎたいのか、城下町はお祭り騒ぎが続いているし、少なくとも集まってくれた民衆の声は温かい。

けれど気が気じゃなかった。隣の存在が気になって仕方なかったからだ。フランシスを装って婚礼の儀に臨《のぞ》んだアレンは、何を考えている？

唇がずっと熱かった。ハイネにとって、先ほどの誓いのキスは初めてのキスだったのだ。


「大丈夫？　疲れてしまったんじゃない？」

「ああ……そうかもしれない」

式のあともアレンは言葉少なだった。控室に戻るなり部屋の隅《すみ》へ行って、マントを脱いでソファへ倒れる。アレンにしては無防備な態度に、ハイネは表には出さないけれどどぎまぎした。

「……でも、驚いた。本当にアレンなのね」

「フランシスが、代わってくれました」

「そう。……入れ替わること、フランシスはなんて？」

眠ってしまったのだろうか。返事はない。

影武者といえど式典の経験はあまりないのかもしれない。それならば疲れが出るのも当然だと、ハイネは部屋にあった毛布をアレンに掛けようとした。しかし。

「……いや、いい」

掛けようとしたのを断って、アレンは起き上がった。

「少しだけフランシスの部屋で休みます」

「……大丈夫？」

「はい。また夜に」

そう言って控室を出ていく。アレンの背中を見送ってハイネは息をついた。ほっとしている。彼と二人の部屋で、夫婦として、なんて。何を話していいかわからなくて息が詰まった。

一人になった部屋で、ふとひっかかる言葉に気づく。

「………… 〝また夜に〟？」

今日は結婚初夜だ。


初めての夜。

とっぷりと日が暮れて、祭りの雰囲気も冷めて城下町が静かになった頃、ハイネは落ち着かずに自室の中を行ったり来たりしていた。

また夜に、と言ったからには、夜もフランシスではなくアレン自身が来るつもりでいるということだろうか。戸惑いが隠せない。フランシスとはお互い愛のない結婚だと割り切っていたから、初夜がどうこうなどと考えてもいなかったのだ。

しかしアレンは〝また夜に〟と言った。結婚した夫婦がその夜に別室で眠るのでは体裁《ていさい》が悪いから、とりあえずポーズだけでも同じ部屋に……という配慮だろうか。わからない。

「あーもうっ……」

こんなにも心乱されているということに、ハイネはイライラしていた。具体的にいつやってくるのかを聞いていなかったから、どう過ごして待てばいいのかもわからない。紅茶でも淹れて落ち着こうかと思った頃。

コン、コン、と。控えめなノックの音がする。――来た。

「……はい」

「フランシスです」

「どうぞ」

ギギィ……と扉が開くと、彼は式典のときの豪奢《ごうしゃ》な服装ではなく、シンプルなシャツ姿だった。これが彼の寝間着なんだろうか。男性の寝る時の姿など見たことがなく、ハイネは新鮮に思いながらも緊張した。

「ゆっくり休めた?」

「ええ。だいぶ長い時間眠っていたようです。……姫様は休めましたか?」

「そうですね。そこそこ……」

あなたのせいで休むどころではなかった、なんて、言えるわけがない。

ぎこちない空気が二人の間に流れる。式には影武者が出た。初夜まで影武者だなんて、そんな話があっていいんだろうか。フランシスの代わりにここへ来た真意を確かめようと、ハイネが口を開いた時。彼が先に話し始めた。

「――随分《ずいぶん》と色っぽいナイトドレスをお召《め》しですね」

「そんなこと……」

今夜のナイトドレスは、侍女が気合いを入れて選んだと言っていた。その気合いの意味をハイネは気にしていなかったが、そういうこと？　清楚《せいそ》な薄いブルーのシフォン生地。裾《すそ》には小さなピンクのバラの刺繍《ししゅう》。少し胸元があいているのは確かに気になるけれど……。

自分の格好を気にしていると、いつの間にか彼はハイネのすぐ傍に立っていた。近くに来られるとハイネよりもずっと背が高いとわかる。昔ほどの身長差はさすがにないが、それでも頭一つ分は違う。無防備なシャツ姿の彼がにじり寄ってくると、少しだけ怖い。

「そんなことありますよ。夫を誘惑するつもりだったんですか？」

細くて長い指が、さらりと髪の間を流れていく。カァッと頬《ほお》が熱くなる。彼はそんなハイネを見て、複雑そうにつぶやいた。

「……誰のためのドレスなんでしょうね」

「え？」

何を言われたかわからず顔を上げると、一瞬で抱き上げられる。

「ひゃっ！　アレン……!?」

「大きな声でその名前を呼ばないでください。アレンがここにいたらおかしいでしょう」

「フランシス……」

「そう……フランシスって呼んでください」

　優しい声でそう諭《さと》されて、あっという間にベッドに降ろされる。驚いて何もできないでいると、ぎしっと上に覆《おお》い被《かぶ》さってきた。

「待って！」

「待ちません。こういうことに関しては度胸がないいんですか？」

「っ」

　羞恥《しゅうち》で更に顔が熱くなる。腹が立つのに、目の前の人には昔からすべて見抜かれていると思うと、何も言えない。

「いっぱい、名前を呼んでくださいね」

「……さっき〝フランシス〟って呼べって」

「フランシスの名でいいので、たくさん声を聴かせてください」

「何それっ……意味がわからないわ！」

　どん！　と胸を叩いても、びくともしない。男女に力の差があることなんて嫌になるほど知っていた。それなのに今、こうもうまく抵抗できないのは、強い目で見つめられているせいだ。

　呼吸が上手にできなくなる。首筋に熱い息がかかると体が痺《しび》れ、目の奥が熱くなった。

「口を開けて……」

熱っぽく囁かれ、次の瞬間には熱い唇がハイネの口を覆う。

「ん、やぁっ……あ、ふっ……んんっ……」

口内をぬるりと蠢《うごめ》く舌に、緊張が走って全身がガチガチに固くなる。

昼間の婚礼のキスとはまったく違っていた。貪《むさぼ》るようなキスが、ハイネにはまだ怖かった。いつも読めないアレンが、雄《おす》の顔で自分に迫り、求めてくるこの状況も。到底、理解が追いつかない。

ハイネは彼の体の下で必死にもがいた。

「待って、アレン……んんぅ……っ、やめて。止まってて っ……」

「〝アレン〟じゃないでしょう？　結婚初夜なのに、別の男の名前を呼んでいていいんですか」

そんな意地悪を言いながら、アレンはハイネのナイトドレスの裾を捲《まく》り上げ始めた。〝すすっ……〟と指先が太股《ふともも》の上を這《は》い、ドレスの裾を引っかけて上にのぼってくる。

ハイネは繊細《せんさい》な指先の感触にゾクゾクしながら、乳房《ちぶさ》の下まで露出させられてしまった己《おのれ》の格好に羞恥で顔を真っ赤にしていた。

「フランシスっ……！」

「そうです、姫様。……もっと甘い声を聞かせて」

熱い吐息《といき》で囁くアレンの口元が乳房に移動し、露出している胸の下側の丸い膨《ふく》らみに〝ちゅっ〟と口付けてくる。

「あッ……」

濡《ぬ》れた唇を感じて、〝ビクッ〟と体が跳ねる。自分の女である部分が、この先を期待して――だけど理性がそれを許さない。

「っ…………やめなさい」

アレンは胸元からまた移動して、今度は首筋に顔を埋《うず》めながら囁いてくる。

「やめません。優しくするので……体を任せて」

……これは悪い誘惑だ。切ない声で〝任せて〟と言われると、流されてしまいたくなる。

昼間からこうなるんじゃないかと、わかっていたはずなのに。どうして自分は今になって焦《あせ》っているんだろう。

ただひたすらに後ろめたい。

「……アレン。ごめんなさい」

力任せでなくそっと胸を押し返した。すると今度は彼も動きを止めて、首筋に埋めていた顔を上げた。

「……姫様？」

乱された衣服の上から自分の胸に手を当てると、ひどい動悸《どうき》だった。落ち着かせるように呼吸して、アレンの目を見て、声を絞り出す。

「私の夫は、フランシスです。あなたじゃない」

はっきりとそう言葉にした瞬間、胸の奥の澱《おり》が消えていくようだった。正しい言葉がハイネを強くする。

一度でも過《あやま》ちに流されたら、もう二度とまっすぐ歩けなくなるような気がした。

「……そうですね。すみません」

彼は謝ったかと思うと、優しく笑った。そして隣に横になってハイネを抱き寄せ、緩くその体を抱きしめた。

「……アレン？」

胸に頭を押し当てられ、心音が近くに聞こえてハイネは戸惑ったまま。

「おやすみなさい。姫様」

彼の表情は見えないまま、規則正しい心音を子守唄《こもりうた》に眠りに落ちていく。

彼は結局、何がしたかったんだろう？　拒《こば》んだ時の安堵《あんど》ともとれる穏やかな顔に、不思議な気持ちになった。

結婚式のその夜。花婿と花嫁は同じベッドでぐっすりと眠った。

＊

同じ時刻、魔女の塔では。

「ほんとに……ほんとに泣いちゃうかと思った。特に誓いのキスの瞬間なんてさ。胸が張り裂けるかと思ったよ……」

「我慢してくれてほんとによかったわ、ゼロ。アラフォーのおじさんが号泣も嫌だけど、十八歳の若者が結婚式で号泣なんて重度のシスコンみたいだもの……」

自《みずか》ら進んで娘の結婚相手を探していたくせに、式中のゼロといったらなかった。表面上は国王として、十八歳の姿ながらも決して見くびらせないオーラで鎮座《ちんざ》していたのに、その内心は手に取るようにわかった。心なしか肘《ひじ》掛けで固く結んだ拳《こぶし》が震えていたような気がする。

まぁ落ち込む気持ちは、わからないでもない。仕方がないから慰《なぐさ》めてあげようかと、そっとゼロの背中をさすろうとした時、振り返った彼の瞳《ひとみ》はきらきらと輝いていた。

「私たちの結婚式を思い出さないか？」

「……思い出さないわね」

「いーや、今の間は嘘《うそ》だね。私は鮮明に覚えているよ。あの日のきみは本当に綺麗だった」

「あなたに騙《だま》されたことなら思い出したけど」

「根に持つよねー、シエラも」

困った顔で笑われても、忘れるはずがなかった。あんなに胃が痛くて苦しい結婚式を、シエラはこれから何百年経《た》っても忘れないと思う。——同時に感じた甘い毒のような愛も、忘れないだろう。

恋にはとっくに落ちていた。けれどあの時はまだ、ゼロにあんな一面があるなんて知らなかったのだ。自分がもしかして、とんでもない男と結婚したのではないかと、初めて理解した日。

＊＊＊

——王子ゼロサムと魔女シエラの婚礼の儀が行われたのは、二十年ほど前のこと。

「……ゼロ」

「ん」

「騙したわね」

純白のドレスを身に纏《まと》った魔女が、王子をきつく睨《にら》む。シエラは今日のことを何も知らされていなかった。城の中が最近慌ただしいなと思っていたら、この準備をしていたらしい。今日になって何も知らないシエラがゼロに言われた通りに部屋に向かうと、気まずそうな顔の侍女一人とこのドレスだけが準備されていた。

——結婚？　私と、ゼロが？

そう思った時の、驚きと怒りと……嬉しさといったら。

ゼロは構うことなく少年のように顔をほころばせる。

「綺麗だよ、シエラ」

その言葉に素直に喜ぶこともできず、シエラが口をきつく結んでいると、手を差し出された。

「行こう」

シエラは逡巡《しゅんじゅん》して、渋々その手に自分の手を重ねる。そして歩き始めた。これから何十年、何百年、何千年と生きていく世界の、その初めの一歩。そんな風に思いながら地面を踏みしめる。

「世間は、僕らに厳しいだろうけど」

そう言って、ゼロはシエラの手をひいていく。間もなくバルコニーだ。外からはすでに民衆のざわめきが聞こえていた。それが祝福の声でないことくらい、シエラにもわかっていた。

「だけど僕たちは二人だ」

「……うん」

その言葉が、声が、力強く目の前の道を照らす。

室外に出ると日差しが眩《まぶ》しく瞳を射《い》る。今日の空は雲一つなく晴れていて気持ちがいい。こんな日に似合わない怒号が次々と飛び交った。王子と花嫁姿の魔女を見た民衆から飛んでくるのは野次ばかり。

『魔女に屈《くっ》したのか！』

『王子様！　なぜ魔女など妻にしたのです！』

『国王様！　魔女など置いて、この国はどうなるのですか！』

なぜ、どうして、という疑問ばかり。それで済めばよかったが、その後はもっと酷《ひど》かった。口汚い言葉がゼロたち王族を貶《おとし》める。とても聴いていられないような、耳を塞《ふさ》いでしまいたくなるような言葉の数々。やめてと叫びたかった。誰にも彼を傷つけてほしくない。

「シエラ」

堪《こら》えていると、きゅっと重ねていた手を握られる。

「笑おう」

――どうして笑える？

ゼロの柔らかな笑顔が急に不安になって、大丈夫かと訊いてしまいそうになった時。

「っ、ゼロ！」

どこからか卵が飛んできて、ゼロのこめかみに直撃し、割れた。顔の右半分、どろどろと中身が飛び出し、ゼロの顔を汚す。

家臣が叫んだ。

「誰だ！　無礼者め、名乗りでよ！」

打ち首にせんばかりの勢いで飛ぶ声に、民衆も不安でざわつく。いけない。婚礼の儀でこんな雰囲気になるのは絶対によくないと、わかっていても何もできない。拭くものが何もなく、手袋をした手でゼロの額《ひたい》を拭《ぬぐ》うと、「大丈夫だよ」と変わらぬ声が返ってくる。大丈夫なわけがないのに。

「よい、やめろ」

家臣をそう制した声でさえ優しかった。ゼロは笑っていた。

「クラッカーか、花吹雪《ふぶき》の代わりだろう。祝福に変わりない」

「ゼロ……」

どうかしている、と思った。

この状況で笑えるだろうか。人間のような弱く、脆《もろ》い生き物が。それも、いつもへらへらふわふわとしたこの男が。

民衆の目にさらされたバルコニーで、ゼロにしか聞こえないほど小さな声でシエラは言った。

「……私は怖い。こんな場面でも笑えるあなたが」

「そんな寂しいこと言わないで。恐れないでほしいな。きみは至高の魔女だろう?」

「そうだけど……」

「これくらいで心をすり減らしていたら、王なんてやってられないんだよ」

この婚礼の儀のあと、ゼロはすぐに王位を継承した。まだ十八の子どもに早すぎるという声は当たり前のようにあがったが、そんな声もすぐ立ち消えた。ほどなくしてダンヴェルトが持病で亡くなってしまったことも起因したが、それ以上に、彼の判断や政策には何の落ち度もなかったから。

民衆は彼を新たな王として認めた。――ただ一つ、魔女を妻として置いていることを除いて。

＊＊＊

二十年ほど前の結婚式のことを思い出すと、シエラは今でも胃が痛くなる。そんなことを言うとゼロに馬鹿にされるから言わないけれど。

逆にゼロが当時のことを懐かしそうに語る時は、どれだけ幸せな結婚式だったか語るので、シエラは自分の記憶がおかしいのかと混乱した。

「本当にねぇ……あの日のシエラはとびきりかわいかったなー。一生懸命ドレスを選んだ甲斐《かい》があったよ。丸一日衣装室にこもって選んだから」

「あなた、ほんとによく覚えてるのね……」

「覚えてるよ。その日の初夜のことまで、きっちりね」

「黙って！」

その記憶だけ合致していて、シエラはそれ以上しゃべらせまいと必死で夫の口を手で塞いだ。

11. 真相　～ハイネ王女の気づき

フランシスとハイネの結婚後、結局ハイネを狙《ねら》った刺客の正体は摑《つか》めないままだった。前に蛇《へび》が仕込まれていたのはハイネの部屋だったので油断はできないが、あれから一度も狙われていない。フランシスとの結婚をよく思わない者による仕業《しわざ》だったのかもしれない。事件の記憶も少しずつ薄れてきていた。

政務室には山積みの報告書に目を通していくハイネと、帝王学の本を読み耽《ふけ》るフランシスの姿がある。

「こんなことになるなら兄たちの勉強にくっついておくべきだったな……」

「その頃のあなたは何をしていたの？」

「銀細工」

「なるほど」

即答するフランシスに楽しそうな声で相槌《あいづち》を打ちながら、ハイネの視線は報告書の上を這《は》う。

結婚後は寝室こそ別々だったが、二人はお互いを嫌っているわけではない。ハイネが政務室にこもるときはフランシスがそこに書物を持ち込み、会話は少なくとも二人は同じ時間を共有していた。その時間が意外と心地よく、ハイネは気に入っている。

「でも、意外だった。私が実権を譲ってほしいと言った時もこだわらなかったし、あなたは政治になんてまったく興味ないんだって思ってた」

「あまりに国王がアホでもそれはそれで邪魔《じゃま》だろ。ハイネの意図《いと》を汲《く》めるくらいにはなるよ」

「それは心強い」

「変に知恵をつけても邪魔か？」

「いいえ、心強いと言っているじゃない。あなたが意外と真面目で、私はこれでも喜んでいるんです」

「〝意外と〟は余計だ」

なんで心地いいのかなと考えて、答えはすぐに出た。昔のアレンと交わしたやり取りに似ているからだ。軽い言葉の応酬《おうしゅう》で、でも心が込もっていないわけじゃなくて。耳心地のいい言葉。

アレン、と思い出して話題に出してみる。

「アレンは、どうしてるのかしら。知ってる？」

「いや、それが……」

言いよどむフランシスに、ハイネは不安になる。眉《まゆ》を寄せて待っていると、彼はゆっくり口を開いた。

「結婚式のあとからずっと、マスカルヴィアにも戻っていないみたいで。入れ替わりのことを知ってるマスカルヴィアの従者に調べさせてはいるんだが、まだなにも……」

「……そうなの」

また消えてしまった。結婚式の夜、ただ彼の胸に抱かれて眠った次の日の朝、目を覚ますともうアレンはいなくなっていた。四年前に消えたと思ったら突然目の前に現れて、また突然去っていく。

前よりもずっと寂しい気がするのは、きっとあの夜のことがあったせいだ。

「……ハイネ?」

「え?」

「大丈夫か」

フランシスが思いのほか真面目で、そして優しくてよかった。国のことを考えれば、将来のことも見据《みす》えてこの人と子どもをもうけなければならない。

「ありがとう、大丈夫」

この人とだったら、涙で枕を濡《ぬ》らすことはないかもしれない。子どももまっすぐに育てられるかもしれない。ハイネは夫に対して少しずつ信頼を芽生《めば》えさせていた。

その一方で、なぜあの結婚式の日、彼はアレンと入れ替わったのか。それだけは訊《き》けずにいる。

事件が起きたのは、初めてフランシスと寝室を共にしようと試《こころ》みた夜だ。結婚式の夜にアレンが来た時と同じようなシャツを纏《まと》って、彼はハイネの部屋にやってきた。

「……緊張しすぎじゃないか？」

背筋を伸ばしガチガチに固まった状態でベッドに座るハイネを見て、フランシスは困ったようにそう言った。

「緊張なんてしてません」

「別に、そんなに急ぐこともないと思うぞ。あなたはまだ若いんだし」

確かに焦《あせ》ることはないのだろう。世継ぎよりも先にハイネが当面考えるべきことは、フランシスがゼロサムから王位を継承してからのことだ。それはわかっていた。

「……ほら、そんな思い詰めた顔をするならやめておけ。子どもはおいおいでいい」

子どもは確かに、それでいいのかもしれない。――そう言いそうになって思いとどまる。じゃあ自分はどうして、今日でなければいけないと思っているのか。

（触れてほしいと思っている？　私が。フランシスに？）

想像すらしていなかった発想に思い至って硬直していると、フランシスはハイネの隣に腰かけて、思っていたよりも優しい手つきでハイネを抱き寄せてきた。

（………あれ？）

初めてフランシスに抱きしめられて、どぎまぎしながらも違和感を覚える。決して不快じゃない、むしろ、心地いいこの感じ。前にもあったような。それとも人肌なんてみんなおんなじものなのか？

「なぁ、ハイネ」

「……はい」

「……きみはまだ、アレンのことが——」

アレン、とフランシスの腕の中で聴いて、戸惑《とまど》っていた、その時だ。

「え⁉」

女の悲鳴や、「何があった！」と混乱する男の怒号が部屋の外から響いてきた。

抱き合っていた二人は顔を見合わせ、部屋を飛び出す。走りながらフランシスはぼやいた。

「据え膳《ぜん》ばっかだなぁほんと……」

「何か言った⁉」

「いいや。それより何事だ？」

中庭を駆け抜ける。使用人たちが逃げてくる方向に逆らって走っていけば、三階のとある部屋の窓からオレンジに燃え上がる火の手が見えた。

「火事か……！」

逃げなければ、と思ったのだろう。フランシスは逃げる使用人たちと同じ方向へハイネの手を引いていこうとした。しかしハイネは、フランシスの手をすり抜けて三階のその部屋に向かって駆け出した。

「ハイネ!!」

「……っ。ダメよ！　だってあそこはっ……」

――お父様が昔使っていた部屋。そこは父から聞いた、ゼロサムとシエラの思い出の部屋だ。ゼロサムは政務の都合で寝室を替えたが、その部屋を誰にも譲らず空《あ》き部屋にしていた。ハイネが小さい頃から誰の部屋にもならなかったその部屋が、この歳《とし》になってやっと大切な場所だとわかった。部屋を誰にも使わせなかったのは、人に明け渡せない何かがあるから。それが今、燃えている。

火の粉が飛び散る中を駆け抜けた。後ろから自分を呼ぶフランシスの声もろくに聴かずに。ナイトドレスのまま懸命に手足を動かして、やっと、今は使われていないその部屋の前に辿《たど》りつく。乱れる呼吸を落ち着かせながら、開け放たれたドアから見えた光景に目を疑った。

「……アレン？　……お母様？」

火はもう部屋中に燃え広がっていた。業火《ごうか》は逆光をつくっていたが、そこには確かに見知った二人がいる。

「逃げなさいハイネ！」

ミランダは普段のおっとりした口調からは考えられないほど大きな声でそう叫んだ。黒い装束に身を包んだアレンが、ミランダの手を後ろから摑《つか》んでひねりあげ、自由を奪っている。——これは何だ？

「な、にを、しているのですか……？」

「よく聴きなさいハイネ、この男は、あなたを殺そうとしていますっ……早く逃げなさい！」

わけがわからず、ハイネは立ち尽くす。そうしている間にも火の手はまわる。

「……アレンが？　私を？」

ゆっくりとアレンへ視線を移す。感情のない顔でミランダを拘束《こうそく》している。その表情からは何も読み取れない。本当にアレンが、四年前と同じように自分を狙っていたというのか。そのためにここへ戻ってきた？

アレンは何も言わない。真偽《しんぎ》は自分で判断するしかなかった。何を頼りに？

逃げろと叫び続ける母の声。何も言わないアレン。抱きしめられて眠った夜。母が拘束されている現状。四年前に命を奪われかけたこと。こめかみに落とされたキス。——限りなく黒だと気づいていながら、目をつむってきたこと。彼が今何も語ろうとしないことに、理由があるとして。

「……お母様を放して、アレン」

ハイネは静かにそう言った。とっくに追いついていたフランシスも、後ろで黙ってじっと状況を見ている。アレンはまだ黙ったまま、ミランダを放さない。

「私のことはいいから、ハイネ、早く逃げなさい！」

「……お母様」

「私はこの目で見たのです……この男が、この部屋の屋根裏に潜《ひそ》んでいるのをっ……！　ハイネの部屋に忍び込んで、毒を仕込むところも見たのですっ……！」

母親の言葉に、ハイネは苦しくなり目を閉じる。気づかないフリはもうできない。

そしてもう一度、アレンに向かって言った。

「アレン、お願い。その人を放して」

するとアレンはぴくりと動いて、ずっと閉ざしていた口を開いた。その顔には驚きが見える。

「……もしかして、気づいていましたか？」

ハイネはこくりと頷《うなず》いた。

気づいていた。本当はもう、ずーっと前から、わかっていた。

「お母様」

今、初めて自分の口で言葉にする。

「私を殺そうとしていたのは、あなたです。——お母様」

メラメラと燃える火が、もう、すぐそこまで。オレンジに発光して、年相応に皺《しわ》が刻まれたミランダの顔を照らしだす。アレンから解放されたミランダは腕をだらんと下げて、顔は驚きに引きつっていた。

「……ハ、イネ……？」

「あなたは、私の本当の母親ではありません」

「……何てことを言うの……！」

それがわかっているとはっきり伝えるだけで今は充分だと思った。外がまた騒がしくなってくる。消火活動が始まろうとしているらしい。けどここはもう駄目だ。時間がない。ミランダとは安全な場所に移動してからきっちり話し合おうと思った。

「とりあえず外へ逃げましょう」

そう言って、ミランダの手を取ろうとした時。

「この親不孝者っ……！」

「っ……！」

ミランダは刃物を隠し持っていた。

いいいいいいいい
ナイトドレス一枚で駆けつけたハイネには——何も、身を守れるものがない。完全に油断して、避けることも間に合わない。腹に痛みを覚悟した——けれど。

「っ、いやっ、アレン！」

やめて、と言うのが声になる頃にはもう、何も間に合っていなかった。ミランダが力任せに刺したナイフは、迷わず間に割り込んだアレンの腹に吸い込まれていく。

「っ……か、はッ……！」

「アレン！」

駆け出していたフランシスが倒れこむアレンを支え、片方の手でミランダを突き飛ばし距離をとる。アレンの腹からは、おびただしい量の血が溢《あふ》れ出ている。

「アレン……アレン……！」

「なんで……あなたが、ハイネを庇《かば》うのよ」

突き飛ばされたミランダはよろりと起き上がり、呻《うめ》く。

「一緒じゃない……。あなたも、四年前は殺そうとしたじゃない。あの女が憎くて、ハイネを……！」

「お母様っ……」

「思ってもいないくせに、お母様なんて呼ばないで！」

ミランダは苦々《にがにが》しい顔で叫んだ。

「どうしてこんなに不公平なの……？　あの女は、いつまでも若い姿のままでゼロ様に愛されて。子どもまでもうけてっ……！」

ミランダに、いつもの優しい母親の面影《おもかげ》はもうない。

「本当に……今まで何度あなたをこの手にかけようとしたかわからない。ハイネ。なんで今ま

で生かしていたのか、不思議でたまらない。……本当に私の子だったらよかったのに、って何度っ……私がっ……」

「……っ」

「ハイネ、駄目だ時間がない！」

フランシスの声でハッとする。気づけばナイトドレスの裾《すそ》が焦《こ》げていた。アレンの顔はどんどん真っ青になっていく。これではみんな助からない。どうすればいい？　ただただ混乱して、情けない声が出そうになった。その時。

「――ハイネはここ!?」

ハッと顔を上げると扉のところに、駆けつけてきた少女の姿があった。長い白髪を振り乱し、息を切らしているその少女はとても美しい、十八歳の姿をした――ハイネの、母親だ。

「シエラさん……」

「ちゃんとっ……避けなさい……よっ！」

彼女はそう言って、どこから引っ張ってきたのか太い、彼女の胴体ほどもありそうなホースを炎に向ける。そして、一気に放水した。

「っ」

直撃したら吹き飛ばされてしまいそうな水圧が顔の真横を通り過ぎる。あまりのことに一瞬呼吸を忘れた。突然現れて、シエラは消火を始めたのだ。魔法でもなんでもない、とっても現実的な方法で。

　大量の水は業火を濡らし、次第に火は弱まっていく。気づけば外からの放水も始まっていた。あまりの水圧に、ホースを持つシエラ自身が吹き飛ばされそうになるのを、必死にその場に踏みとどまっている。

「シエラ！　ハイネ!!」

　そこにゼロもやってきて、彼は妻の華奢《きやしや》な体を後ろから支える。

「遅いわゼロ！」

「すまない、医務官を探しだすのに手間取った……。テオ！　あの男の出血を見てくれ！」

　テオと呼ばれた医務官は、さっとアレンの傍《そば》に寄って手際よく処置を施《ほどこ》していく。

「っていうか逆じゃない!?　なんであなたが医務官を呼びに行って私がこんな重たいホースを
……！」

「きみが勝手に駆け出したんだろう!?」

　まさかこんなタイミングで素の両親を初めて見るとは思わなかった。至高の魔女を恐れて言いなりになっている国王なんてどこにもいない。やいやいと言い争いを始めた十八歳の両親の姿に、ハイネの涙はひいていく。それと同時に部屋の火の手もひいていった。

　今日、この日に。かつてゼロとシエラが出会った部屋でたくさんの真相が一度に明るみになった。ハイネを狙った真犯人はミランダだった。ハイネの本当の母親はシエラだった。そして、王と魔女の本当の関係性。この国の誰もが知らない、きっと信じようともしないこと。本当はすべてわかっていながら、ハイネがうまく信じられずにきたことを、今日からは迷わず信じていける。

信じがたいことは一つだけ。

「……アレン……死なないでっ……」

焼け跡に残った血だまりの中で。信じたくない彼の危機に、ハイネは必死で名前を呼んだ。

12. 永遠が欲しい　～ハイネ王女の悲嘆

アレンの容態は絶望的だった。なんとか火を消すことができたあの部屋で、アレンはゼロが連れてきた医務官テオに処置を施《ほどこ》されたが、それは彼を救うに至らなかった。出血は止めることができた。ただ、ミランダの放ったナイフに塗られていた毒。それが全身にまわっていて、もうその毒を体から抜く術《すべ》がないのだという。

「アレン……」

こちらの声も聴こえていない様子で、アレンはベッドの上で苦しそうに胸を上下させていた。悪夢でも見ているかのようにうなされて、見るからに毒に体を蝕《むしば》まれている。――こんなに苦しんでいるのに。自分にできることが、一つしか思いつかない。でもその一つは、たぶん、叶わない。

片時もアレンの傍《そば》を離れようとしないハイネの背後に、そっとシエラが立つ。ハイネと同じように少し焼け焦《こ》げたナイトドレス姿のままで、その顔はどうにもできない無力感に深く沈んでいた。

「……ごめんなさい。もう少し早くあなたたちを見つけることができたら……」

そう言いかけて、シエラは言葉を区切った。

「……違うわね。そもそも、ミランダと私たちのことに巻き込んでしまったんだわ」

「……そうは思いません」

ハイネはシエラを責めてなどいなかった。責めていたのは自分のことだ。命を狙《ねら》われている自覚はあった。それなのになぜ無防備にミランダの手を取ろうとしたのか。本当の母親じゃないとわかっていても、ハイネの中には情があったのかもしれない。そんな甘さが、今アレンを絶体絶命に追いやっている。

やりきれなさにぎゅっと拳《こぶし》を握って押し黙っていると、シエラはアレンに近づき、屈《かが》んでその顔を見る。そして苦しそうな彼の顔をそっと撫《な》でた。

「……この子、こんなに大きくなったのね」

「……覚えているのですか？」

「うんと小さい頃にここに来て、母親を生かしてほしいとお願いしたわ。それからちょっとして、大きくなって。あなたのピアノ教師になったんだっけ」

「まさか、わかっていて……」

シエラの口から出てくる事実に、驚きのあまり声が掠れる。

「……復讐《ふくしゅう》するつもりだとわかっていて、アレンを城に置いていたんですか……？」

「うーん……」

彼女は困ったように首を傾《かし》げて話すべきか迷っていたが、やがて口を割った。

「復讐して、彼の気が済むのならそれでもいいと思っていたのよ。私はどうせ不老不死だし。まさか、ハイネを手にかけるって発想になるとは思わなかったから……」

「……もしかして、あの夜も」

「うん、聴いてた。でも途中までよ」

四年前、アレンがハイネを殺そうとしていた夜。シエラは窓の外で様子を窺《うかが》っていたという。もし彼が本当にハイネを手にかけようとすることがあれば、いつでも飛び出せるように。

「けどこの子は、あなたを殺さなかった」

「……はい」

「会話を聴いていて、もう殺す気ないんだろうなって思った段階で塔《とう》に戻ったわ。私が昔言ったことがこの子をひどく傷つけたんだってわかったけど、あそこでずけずけと入っていって弁明するのも違うと思った」

「だから……誰にもアレンを追わせなかったのですね」

ハイネは不思議に思っていた。再会したアレンは、追手が来なかったのをハイネが告発しなかったからだと言っていたけど、それだけじゃない。この城の者は城内の秘密を守るために休暇すら故郷に帰ることが許されない。そんな中で城の雇い人が一人消えたとなったら、機密漏《ろう》洩《えい》を案じて地の果てまでも探し出すところだ。けどそうはならなかった。

「それはゼロの取り計らいよ。……まあ、私もゼロも、さすがに彼がマスカルヴィアの王子の影武者としてまたここに来るなんて思ってなかったけどね」

「それも気づいていたんですか？」

「ゼロが先に気づいた。謁見《えっけん》の時の態度が一回目と二回目であまりに違ったからおかしいって。……だからよくわからなかったのよ。結婚するって言いだしたあなたが、一体どっちと結婚したいと思ったのか」

「それは過ぎた話です」

「もう口出しする気ないわ。あなたもいい大人なんだし」

そういう会話はしておいて、本当に大事なことにはお互い触れずにいる。今更〝お母様〟なんて呼べるわけがない。シエラだって今まで隠していたくらいだから、呼ばれても困るだろう。

だから変わらずこう呼ぶ。

「シエラさん」

「……なぁに？」

苦しむアレンを目の前にして、自分にできることは何か必死に考えた。答えはどうしても一つしか浮かばなかった。

「お願いです」

「……何かしら」

「彼を、助けて」

もう毒がまわるのを止められない。彼の体を助けられるのは、至高の魔女の不老不死の呪い以外になかった。

けれど彼女は言う。

「……無理なことを言わないで」

「お願いです。お父様にかけた呪いを、アレンに……」

「ハイネ」

「もう、毒が体中にまわってて、他に手段がないんです。私のことを庇《かば》って……そんなことでアレンが死んでいいはずがない。だからっ」

「ハイネ!!」

目を覚ませと言わんばかりに張られた声は、医務室に大きく響く。シエラはただ静かに首を振るばかり。もう本当にどうにもならないという現実を突きつけられて、それまで堪《こら》えていた涙が出てきた。

「……お願い、彼を……っ……助けてっ……」

涙で彼は救えない。わかっている。わかっているのに、止めようとしても止めようとしてもあとからあとからこぼれてくる。

「ハイネ」

依然として厳しさを孕《はら》むその声に顔を上げると、十八歳の魔女は母親の顔をしていた。

「……じゃあお前はいいの？」

「……え……？」

「百年後、その彼が、ハイネがいなくなった世界で毎朝起きるたびに絶望を感じて死にたくなる。だけど死にたくても死ねない。孤独だけど死ねない。生きる目的もないのに生きるしかない。――そんな日々を送らせてもいいの」

「……」

「愛しているなら、看取《みと》りなさい」

それが、母親の出した答えだった。


シエラが医務室をあとにすると、また静寂《せいじゃく》が流れた。ハイネのすすり泣く声だけが静かに響きわたる。涙が止まらないのをひたすら自分の手で拭《ぬぐ》っていると、アレンが小さく呻《うめ》いて、薄く目を開けた。

「アレン……？」

目が合っても相変わらず苦しそうで、どうすればいいかと戸惑《とまど》ったハイネの両手が宙をさまよう。その手をアレンがぱしっと掴《つか》んだ。

「なぜ、泣いているのです」

「……アレン、ごめんなさい……」

「姫様……？」

「私、あなたのこと……助けられなかったっ……」

いけない、と思ってもまた涙がこぼれていく。止まれと強く念じても涙腺《るいせん》は壊れたまま。ぼろぼろと大粒の涙が落ちて、アレンの血の気の引いた頰《ほお》を濡《ぬ》らしていく。

息も絶え絶えなアレンはそんなハイネを小さく笑って、摑んでいたハイネの手を握りなおした。

「姫様」

「ごめっ……なさ……」

「姫様、聴いてください」

「……なに？」

アレンの顔には汗が浮かんでいる。どこが苦しいのだろう。全身を蝕む毒はどれほどの痛みを伴うのか。わからない。それでも精一杯笑うアレンに、努《つと》めてハイネも優しく微笑《ほほえ》み返す。

「あなたが生きてやり遂《と》げたかったことは、叶いましたか」

「……いいえ、まだ途中」

「そうですか……。再会して、あなたが何を願っているのか、だいたいわかりました」

「うそ」

「ほんとです。だから、妬《ねた》ましくなってしまったんです」

「……妬ましい？」

そこでアレンは、苦しげに「はぁ……」と息をつく。一呼吸。しゃべるために息を整えて、またアレンは、ハイネの目を見て話し始める。

「俺は、昔から知っていましたよ。あなたが魔女の実の娘だって」

「えっ……」

「死なない魔女にどうすれば復讐できるのか、魔女の身辺を探っている時に、魔女とゼロ様の会話を聴きました。……だからあの夜、あなたを殺そうとした」

「そういうこと……」

「だから茶番だと言ったんです」

確かにあの夜、そう言われたことを思い出す。〝歳《とし》をとらない歪《ゆが》んだ王室の茶番〟だと、彼は言っていた。

「ほんとに、とんだ茶番ですよ。誰の命も救わない魔女が、自分の娘だけは傷つかないように〝自分の子ではない〟と偽《いつわ》るんですから。……それを、あなたは馬鹿《ばか》正直に信じていたくせに、それでも彼女のために女王になろうとしていたんでしょう？」

「アレン……」

「茶番じゃないですか。あまりに美しい親子愛で、魔女の話でさえなければ胸を打たれてしまいそうです」

そう言って、笑う。とても懐かしい意地の悪い笑い方で。その瞬間に胸の内からすべての感情がほどけ出てしまいそうで、だから、きゅっと唇《くちびる》を結んで堪《こら》えた。握ってくれた手をそっと自分の頬に添える。アレンの手は冷たくなってしまっているけれど、とても温かい。

「今度こそ、本当のお別れですね……」

「……そんなこと言わないで」

「いいえ、本当に最後です。……俺は、これでよかったと思います」

その妙に割り切った言い方が、ハイネはどうしても許せなかった。綺麗ごとはやめてほしい。これでよかったなんて、そんなはずない。こんな終わりで、よかったはずがない。どうして今そんな穏やかな顔で。

「……じゃあなんでキスしたの？」

「え？」

思わず本音がこぼれた。

「結婚式の日、なんで、あんな……」

——優しいキスを。

思い出して、想いが抑えきれなくなった。嗚咽《おえつ》が止まらない。

しかしアレンの反応は、予想外のものだった。

「姫様……何のことですか？」

なかったことにするような口ぶりに、ハイネの胸はちくりと痛む。

「……冗談でしょう。何って……」

「結婚式には予定通りフランシスが出ました」

「うそ」

「嘘《うそ》じゃありません。蛇《へび》の事件があった日から俺はずっと、あの部屋の屋根裏に潜伏《せんぷく》してミランダ様を見張っていたんですから」

「……そんな」

信じられない。

焦《あせ》って、懸命にあの日のことを思い返す。結婚式で「姫様」と自分を呼んだ声。誓《ちか》いのキス。部屋に戻った時の気だるい仕草。夜のこと。〝誰のためのナイトドレスなんでしょうね〟と、訊《き》かれたこと。あの日抱きしめられた感触は——確かにその後、似た感触に出会った。

フランシスに抱きしめられた時に、ひどく似ていると感じた。

「……嘘よ。だって……そんなことって」

もう答えは出ているのに、それでも信じられずにいると、アレンはまたゆっくりと手を握って優しく語りかけてくる。

「姫様」

「……アレン」

「それで、いいのです」

「……全然よくないわ」

「いいんですよ。あなたは、俺なんか関係ないところで、勝手に幸せになってください」

「そんな……そんなこと、言われてもっ……」

突き放すような言葉を、とびきり甘い声で言う。それは呪いにも似た甘美な響きをもって、ハイネの心の奥底に染み込んでいく。

「はぁッ……」

浅い息と同時にアレンの顔が痛みに歪んで、これがもう本当に最後だと、思い知らされる。

「今わの際だから言います。──ハイネ」

もう発音もままならない掠れた声が、最後に確かに伝えた。

「あなたは俺の、永遠です」

事切れたアレンの瞼《まぶた》を、そっと両手で撫でて下ろす。部屋は今度こそ完全な静寂に包まれる。

ハイネの涙は引いていた。

「フランシス」

名前を呼んでから振り返る。少し前から背後に感じていた気配の主《ぬし》は、悲しい目をして部屋の入り口に立っていた。

「……ハイネ」

「何か用ですか？」

どうしても冷たい声が出てしまう。今、アレンにそっくりなフランシスと接するのはつらかった。それに結婚式の日のことも。

ぐっと、座っている膝《ひざ》の上に載せていた手に力が入る。

「……なぜアレンのフリをしたの？」

フランシスはただ黙っている。

あの日、誓いのキスをした相手は、夜抱きしめて寝てくれた相手は、確かに自分のことを〝姫様〟と呼んだ。だけどアレンじゃなかった。全部、フランシスだった。

「あなたは、何を思ってっ……」

「……好きになってしまったと言ったら、困るよな」

「……え？」

その言葉に目を見張る。フランシスはバツが悪そうに視線をそらす。

「本当にすまなかった」

――謝られたって。

「………困るわ」

ハイネとフランシスは夫婦だ。ただし、契約結婚だ。

だから、あの日の相手がすべてアレンではなく、アレンのフリをしたフランシスだったと知って、裏切られた気になって。——その一方で。フランシスとキスをした。そのことが、なんだか今、無性にハイネを気恥ずかしくさせている。

——ただ今はまだ、アレンの死を悼《いた》もう。

ハイネとフランシスの間にこの先何かが芽生《めば》えるとしても、それはまだ先の話だ。

13. 愛の名のもとにすべて塵　～ゼロサム国王の執愛

薄暗い通路に足音だけが響きわたる。エスティードの地下にある牢獄《ろうごく》。とある牢屋の前で国王は足を止めて、中にいる人物に話しかけた。

「やぁミランダ」

鎮火のあとミランダは拘束《こうそく》され、この牢屋に入れられることになった。

「……ゼロ様」

「調子はどうだい？」

「……なぜ、私はまだ生かされているのですか」

ミランダは憔悴《しょうすい》しきった顔で、ゼロの問いには答えず疑問を投げかける。

二人が今いる地下牢は密売人が捕らえられる場所だったが、ミランダは密売人とは少し離れた一角の牢屋に入れられていた。岩造りで薄暗く、決して快適とは言えない空間だったが、真新しいシーツのベッドにミランダは横たわっている。長時間炎の熱風にさらされて疲弊《ひへい》したミランダを、粗末《そまつ》に扱わないでと申し立てたのはシエラだ。

　ゼロもミランダの質問には答えない。

「きみがこんな愚《おろ》かなことをするとは思わなかったよ。……なぜこんなことをしたのか、聴かせてもらえるだろうか」

「……わかっていらっしゃるんでしょう？」

　檻《おり》に隔《へだ》てられて、十八歳の姿の青年と、四十歳頃の夫人が相対する。ミランダの瞳《ひとみ》は憔悴していても、二十年前と変わらぬ熱を持っていた。それはとても危険な恋の熱。彼女は自嘲《じちょう》気味に語り始める。

「不老不死の魔女は殺せない。だったら、どうすればあの女が苦しむのか。あの美しい顔が、どうすれば絶望や悲しみに歪《ゆが》むのか。長年考えてきましたが……一つしか浮かびませんでした」

「……ハイネに情が湧《わ》かなかったか？」

　ミランダは答えない。

「そんなに、シエラが憎いかい？」

「ええ、とっても」

　今度は即答だった。

「私は年老いていくのに、あの女はずっと若くて美しいまま……。いつだって嫉妬《しっと》でどうにかなりそうでしたよ。私だって……あの日のように若く綺麗《きれい》なままでいられたなら、私だって、ゼロ様。あなたと……」

「ミランダ」

若くて美しい青年の姿のままで、王は、年相応に皺《しわ》をつくっているミランダに向かって名前を呼び、微笑《ほほえ》みかける。

「確かに若い頃のきみは美しかったね。城に仕える誰もがきみに恋をしていたし、何でも笑顔で引き受けてくれる人の良さには私も癒《い》やされていた」

「ゼロ様……」

「でも、もしきみが二十年前と変わらぬ姿でいたとしても、私はきみを愛さない」

きっぱりとした物言いに、ミランダは戦慄《せんりつ》する。

「逆も然《しか》り。もしシエラが歳《とし》を重ねて、よぼよぼの老婆になったとしてもね？　私が愛しているのは彼女一人だ」

「何が……何がそこまで……どうしてあの女をあなたは、そんなに……」

「かわいい人なんだよ？　彼女は。……私しか知らないけど。私しか、知らなくていい」

そう言って、恨みがましく睨《にら》んでいるミランダのことなど見えていないかのように、ゼロは無邪気な少年の顔で微笑む。

その笑顔は、少しの異常さを孕んでいる。

14．そして、国王は呪われた　～魔女シエラの耽溺

地下牢《ちかろう》の薄暗さに隠れて一部始終を見聞きしていたシエラは、どうしようもないため息をこぼした。ミランダは、ハイネとシエラ、二人に親切に接しながら何を思っていただろう。

重い気持ちを引きずりながら塔《とう》へと戻ろうとした時。

「っあ……」

後ろから強い腕に抱きしめられた。ゼロが、後ろから首筋に顔を埋《うず》めてくる。それを抵抗することなく受け止めて立ち止まる。

「……あなたの愛は重すぎる」

「何を今更」

「私たち、いろんな人を傷つけてるわね」

「構わない」

そう言いながら後ろを向かされて、キスをされる。

「……ん、ゼロ……待っ……んんッ」

いつもと違う食らいつくようなキスに少しのぼせながら、今回のことで、さすがにゼロも思うところがあったんだろうなと思った。そのことにやるせなくなる。いろんな人を傷つけるのは、紛《まぎ》れもなくこの命のせいだ。それとわかっていながら、こうして、やめられずに。

やっとのこと唇《くちびる》が離れて、はぁっ、と息を吐き出した。下唇はつけたままで、最初のキスを思い出す。あの時はまだ、一生告げることはないだろうと思っていた。

「……ゼロ」

「ん？」

「愛してるわ」

「……ああ」

私もだ、と言って、ゼロはまたキスをした。

——愛している。

自分が放ったその言葉に、最上級の幸福感と言いようのない後悔。

人目を忍《しの》んで地下牢を抜け、ゼロと一緒に塔の螺旋《らせん》階段を上って、天涯《てんがい》付きのベッドの上でゼロに抱きしめられる。

「……興奮しているの？」

耳に鼻と唇を交互に押し付けてくるゼロの、吐く息が熱い。堪《こら》えようとして我慢しきれていない彼の様子に、ドキドキと胸が高鳴る。

「興奮は……してるね。きみから〝愛してる〟なんて言ってくれるのは久しぶりだから……」

言いながら、性急な手つきで彼は自《みずか》らシャツを脱ぎ、併行してシエラのドレスにも手をかける。体温の高い手に触れられると、触れられた場所から熱を帯びていく。熱い吐息《といき》を耳の中に吹き込まれると頭の奥が痺《しび》れた。

「んぁっ……」

「はぁっ……ごめん、シエラ……」

「んっ……それは何の謝罪……？」

ゼロはシエラの細い腕を摑《つか》んで、ベッドに押し倒しながら答える。

「たぶん今夜は、乱暴にしてしまう」

いつものおどけた様子もないし、余裕もなさそうだ。見下ろしてくる目も飢《う》えて切実そうにギラついている。

シエラは目を閉じ、彼の背中に腕をまわした。成長が止まっているものの、逞《たくま》しい胸板に甘えて額《ひたい》を擦りつける。

「……いいわ、ゼロ。――きて」

シエラの返事とほぼ同時に、ゼロが首筋に嚙《か》みついてきて――激しく愛される覚悟を決めながら、シエラは思い出していた。

ゼロを呪った日のことを。

そして、ハイネをこの身に宿した時の決意を。

＊＊＊
「呪いの、かけ方？」

シエラがゼロの妻となる数日前のこと。ある日の何気ない会話のなかで、ゼロはシエラにそれを尋《たず》ねた。

シエラが一夜にして山を焼き尽くした、と事実をねじ曲げた日から暮らし始めた塔の上で。

開け放った窓から入ってくる夜風は、二人の髪を優しく揺らしている。

「うん、どんな風にして人を不老不死にするのかなーって」

「……そんなこと知ってどうするの？　絶対にかけないわよ」

「だろうねー。本当に頑固だもんなシエラは……。魔法陣とか使うの？」

「それは、いかにも魔女っぽいけど」

「ということは違うのか……。じゃあ、キス？　……ではないよな。だったらもう僕はとっくに呪われているはずだし」

「あなたね……」

「まさか……」

じっと見つめられて、ゼロの視線がちらりとシエラの首から下へと移る。

「っ！　今何かやらしい想像をしたでしょう！　違うからね！」

「まだ何も言ってない」

「目が言ってたわ。そんなわけないじゃない。そんなの、一人呪うごとに……大変じゃない！」

「きみの頭の中も相当破廉恥《はれんち》だよ。一体、何百年のどこでそんなこと覚えてきたの……」

若干呆《じゃっかんあき》れ顔《がお》なゼロに腹が立つ。ひどい誤解をされたままではたまらないと、つい、本当のことを口走ってしまいそうになるのを、シエラは必死で我慢する。

「体を触れ合わせる必要なんてないの。簡単なことなのよ。簡単すぎて、だから、うっかりやってしまわないように、めちゃくちゃ気をつけているんだから」

「ふーん？」

本当に、めちゃくちゃ気をつけている。彼相手には、つい呪いのことを忘れてやってしまいそうな時があるから。その度に〝いけない〟と思い直す。

「僕にもやっぱり、永遠を生かす価値がないかな、きみにとって」

「そんな言い方してもダメ」

「……ダメかぁ」

「あなたに価値がないいんじゃなくて、永遠を生きることがそもそも価値のないことなのよ」

その考えだけは絶対にぶれない。だから絶対にゼロを呪わないいし、呪いのかけ方も教えない。そう思っていた。


——それが覆《くつがえ》されてしまった夜のことは、今でも鮮明に覚えている。ゼロも結婚式の日の夜のことをきっちり覚えていると言っていた。それもそのはず。シエラがゼロに呪いをかけたのはその時だ。

間近にあるゼロの優しく微笑《ほほえ》む顔が、脳裏《のうり》に焼き付いている。今と微塵《みじん》も変わらないその容姿が、あの時のゼロの顔を一時《ひととき》もシエラに忘れさせなかった。

いつだって思い出せる。

「シエラ」

「……なに？」

「僕に魔法をかけてくれないか」

「……知ってるでしょ。魔法なんて使えない。私は呪いしか使えない」

「それは呪いじゃないよ。どうすれば僕は、ずっときみと一緒にいられる？」

耳の裏にキスをしては、そう優しく囁《ささや》くものだから、困って。

ゼロに自分を呪うよう迫られては、その度にかわしてきた。だけどその夜、火照《ほて》る顔を正面から捕らえられて、逃げきれなくて。

「教えてよ」

なかなか諦めないゼロに詰め寄られながら、シエラは頭の中でぐるぐる考えていた。

ものすごく彼に伝えたいことがある。その余裕のある笑顔が、本当は――。

だけど言えない。

どうしても、言えない。

「……呪いをかけることは、本当に簡単なの」

「そうなんだ？」

「簡単すぎてとても……怖かった」

「……そうか」

ゼロは親指の腹で優しくシエラの目元を拭《ぬぐ》う。けれど決してこの男は、追及の手を緩めはしない。

「シエラ、言って。どうしてしまうのが、怖かったの」

ほら、と優しく。だけど強く促《うなが》されて、きゅっと目をつむる。そしてついにシエラの口は暴露した。

「愛を囁くのよ」

「……え？」

「呪いの対象に向かって、その耳元で──愛を囁くの」

心に染み入る愛の言葉が、人間の中に流れる時を止めてしまうという。魔女は元来、そうして仲間を増やしてきた。自分が愛する者だけを、共に生きていきたい者だけを選び、その耳に愛という呪いを吹き込んできたのだ。

「だから、きみは」

ゼロには一度も好きだと伝えていなかった。恋に落ちたあの日から、結婚した今日まで、一度も。言えないのはただ照れていたわけではなかったのだと、ゼロも初めて知ったのだろう。

シエラだって、言えるものなら言いたかった。いつも全身全霊で愛してくれるこの人に、一度くらい、愛していると伝えたかった。

「……それなら聴かせてくれないか」

「だめ」

「きみの口から……僕は今すぐ、それが聴きたい」

──熱にうかされるようにして、あの日。嫌だ嫌だと子どものように泣くシエラに、ゼロは言葉を注ぎ続けた。

「シエラ」

「嫌。……無理よ。言わない」

「駄目だ。言って」

「できない。あなたを、呪えないわ」

「シエラ……愛してるんだ」

「っ」

「すごく、もう、きみ以外何もいらないと本気で思うくらいに、愛してる」

「や、めて」

「シエラは？」

「ゼロ、お願いだから」

「ねぇ、言って。……僕は、未来永劫《えいごう》きみが欲しい」

「っ……！」

切実に求めるその声に、もう無理だ、と思ってしまうと、言葉はぽろぽろ溢《あふ》れだして止まらなかった。

「……ゼロ」

「うん」

「私」

「うん」

「寂しかった」

「……うん」

「あなたに出会うまでの何百年、ずっと。――とても寂しかったわ」

あの日、屋根裏であなたが見つけてくれなかったら。迷い込んだ森で、あなたが見つけてくれなかったら。私はどうやって今を生きていたんだろう？　想像がつかない。

「ゼロ」

心の底から、ゼロに感謝していた。なのに呪うなんて、〝恩を仇《あだ》で返す〟なんてもんじゃない。酷《ひど》すぎるお返しだ。そうだとしても。もう、抑えきれないほど願ってしまっていた。

「……私も。ずっと未来まで、あなたが欲しい」

欲望を口にして、すぐ傍《そば》にあるゼロの頭をぎゅっと抱きしめた。するとゼロは腕の中で笑って、「それってつまりどういうこと？」と訊《き》いてきたので。この王様は本当に意地が悪い、と思いながら、その形のいい耳に、唇を、寄せて。

「――あなたを愛してる」

ありったけの愛でそう囁いた。

こうして国王ゼロサムは、不老不死の呪いに堕《お》ちたのだ。

シエラの体に異変が起きたのは、ゼロを呪って一年ほどが経《た》った日のこと。

「シエラ！」

「ゼロ……」

「子どもが、できたというのはっ……」

テオから聞いてすっとんで来たのだろう。あの医務官も、まだ言うなと言ったのに口が軽い。

ゼロはすっかり興奮してシエラの返事を待っていた。

「本当よ」

「そうか。……そうか！」

少年の笑顔で、心の底から幸せそうに噛《か》みしめているから、シエラは大事なことを伝えそびれそうになる。今から告げることを夫は受け入れてくれるのか。

シエラは、絶対に折れないように息を吸い込んで、なるべく静かに言葉にした。

「……ゼロ、聴いて」

「ん？　なんだい？」

「この子を、側室の子ということにできないかしら」

「――え？」

嬉《うれ》しそうに緩んでいたゼロの表情が固まる。珍しいその表情に、自分はよっぽどなことを言っているんだと自覚する。だからこそ努《つと》めて、一字一句はっきりと言葉にした。

「あなたと私との間の子ではなくて、あなたと他の女性との子どもということに、できないかと」

「……何を言っているんだ」

ゼロの表情を見ないよう目を伏せながら、そっと、シエラはまだ膨《ふく》らむ前の自身の腹を撫《な》でる。

「魔女の子どもとしてこの世に生まれてしまったら、この子はきっと不幸になる。祝福されないどころか、私と同じように他国の民からも永遠の命を乞《こ》われるようになるわ」

「子どもも歳《とし》をとらないのか？」

シエラは首を横に振る。

「いいえ。お腹《なか》にいるこの子は、普通の人間と変わらない。それだけはなんとなくわかる。私が呪いをかけない限りは、人並みの寿命を生きて死ぬでしょう。……でもそんなこと、この子が老《ふ》けた姿になるまでは誰も信じない」

「……それは」

「お願い、ゼロ。側室の子ということにして。そしてこの子が生まれても、母親が私だとは絶対に言わないで」

「……そこまで徹底する必要があるのか？」

「城内で知られれば城下にも漏《も》れるわ。幼い子どもが、〝本当は母親が違う〟なんてこと隠し通せると思う？」

ゼロは押し黙る。理解はできても、納得はできないという顔だった。でも納得してもらわなければ仕方ない。

「だから言わないで。約束して。そうじゃなければ私は産まない」

「きみは……強情すぎるよ」

悲痛な声を出すゼロに、シエラは力なく笑う。

「守りたいのよ」

それはこの数百年の中で、初めて生まれた感情だった。

「守りたいものが、できたのよ」

＊＊＊

今でもあの時の自分の選択は正しかったと思っている。自分の娘だとは公言せずに、ハイネをミランダとゼロの間にできた子だということにした。ミランダにはかつて自分が暮らした屋根裏部屋で一年を過ごしてもらい、その傍《かたわ》ら自分は塔の中にこもってこっそりとハイネを産んだ。

この腕に抱いたのは生後一週間だけ。その後はミランダに預けた。ハイネが少し大きくなってもたまに会う程度にとどめたし、自分のことは〝シエラさん〟と呼ぶように躾《しつ》けた。結果として、ハイネは永遠の命を乞われるつらさを味わうこともなかったし、忌々《いまいま》しい魔女の子として虐《しいた》げられることもなかった。狙い通りだ。だからあの選択で正しかった。

ただ、こんな形で——ミランダに裏切られ、アレンを亡くす経験は、どれだけの傷をあの子の中に残したか。それだけが気がかりで。うまく立ち回ったはずなのに、結果的に大事なものを傷つけてる。

永遠なんてやっぱりろくなもんじゃない。

繰り返しそう思っては、同時に疑問が浮かぶのだ。あの時、自ら呪われることを選んだゼロは、やっぱり間違っていたのではないかと。彼の言葉に流されて呪いをかけた自分もまた、間違っていたのではないかと。

塔の最上階。行為を終えたあとのベッドの上で、隣でまどろむ夫にシエラは問いかけた。

「……あなたは、一日一日を重ねていく過程が好きだって言ってたじゃない？」

「言ったかな？」

「言ったわ。あなたは永遠なんかより、一瞬に価値があるんだってちゃんとわかってた」

「でも永遠を欲しがったよ」

「……どうして?」

「何度も言わせるなよ」

ムッと拗《す》ねた少年のような顔で、ゼロは言う。

「そんな未来もいいと思ったんだ。きみとなら」

そう言ったゼロは、いつかは消える命の意味を知っている。誰よりも。そんなゼロが強く求めるものだから、自分は根負けして呪いをかけてしまった。

ゼロの大きな手に絡《から》めとられながら、思った。

私はきっと、いつまでも後悔しながら。

この人の愛に溺《おぼ》れて、生きていく。

エピローグ　～王女が剣を抜く理由

アレンの死後、彼の墓はエスティード城内の裏庭に造られた。エスティードでもマスカルヴィアでも彼の出自は不明であったため、彼の祖国に埋葬《まいそう》することは叶わなかった。せめて手入れが行き届き、かつ静かな所へということで墓の場所が決まった。彼の墓石には、王女をその命でもって守った栄誉が書き記されている。

アレンの墓前に花を供えて自室に戻ってくるなり、ハイネは城下に出る準備を始めた。先ほど『戒律』の部下から報告があり、また密売人グループが不穏な動きをしているという。なかなか掴《つか》めない密売の根幹《こんかん》も、なかなか広げられない他国との貿易も、ハイネにはこれからまだ考えなければいけないことが山ほどあった。

今日のところは情報収集に、他の隊員は連れずに一人で視察に行こうと短刀を携《たずさ》え、軽い武装をしていると、背後から声をかけられる。

「きみは相変わらず自《みずか》ら戦うのか」

振り返って確認すると、夫がソファに腰かけて本を読んでいた。

「……いつからそこにいたんです。フランシス」

「ハイネがこの部屋に戻ってきた時に一緒に入った」

それは気がつかなかった。まったく気づけなかったこともショックだが、それはつまり……。

「……着替え中も？」

「まあ、夫婦だし。……ごめん。怒るなハイネ」

ハイネは威嚇《いかく》する顔をやめて、はぁ……とため息をつく。

フランシスとはアレンの死後、一度も寝所を共にしていない。それは、やっぱりまだ結婚式の日にアレンのフリをしていたことを根に持っているからかもしれないし、もしかしたら、まったく別の理由かもしれなかった。

「それで、何の用なんです？」

ハイネが尋《たず》ねると、フランシスはおもむろにソファから立ち上がって、ハイネの傍《そば》に寄ってくる。

「……え？　なんですか。フランシス……？」

どんどん近づいてきて、フランシスの手が伸びてくる。ぎゅっと、思わず目をつむっていると、何かを髪につけられたようで。触って確認するとそれは、複雑な形状で冷たい。

「……銀細工」

「そう」

「くれるんですか……？」

「ああ」

「どうして」

「うるさいな。理由なんて特にない。もらっておけばいいだろう」

「……ありがとう」

突然のプレゼントに戸惑《とまど》っていると、フランシスはぶっきらぼうに話し始めた。

「前まではたまにドレスも着ていたのに、最近のきみは武装してばかりだな。その銀細工に合うドレスでも選んでみたらどうだ」

「ああ……そうですね。確かに最近は、武具ばかり身に纏《まと》っている気がします」

「なんなんだ。きみは血の気が多いのか？」

皮肉を言うフランシスに、ハイネはつっかかることもせず、微笑《ほほえ》み返す。再びフランシスに背を向けて、グローブを手にはめながら、口調だけ少しくだけさせて言った。

「そうね……。剣を抜かないと、気が済まないのかもしれないわ」

顔を見なくても、フランシスが驚いていることがわかった。おかしいと思うだろう。自ら進んで危険に踏み込んでいこうとするお姫様など。見たことがなくて、呆《あき》れるだろう。

これまで散々周囲からかけられてきた言葉をフランシスに言われたとしても、もう傷つくことはない。ハイネは構わず話し続けた。

「あなたのお陰《かげ》かもしれない」

「え？」

「あなたがいて安心しているのよ、フランシス。最悪私が死んでも、この国にはあなたがいる」

王位を継承するのはフランシスだ。自分は実権を握る約束を彼としているが、もし自分が死んでその約束が反故《ほご》になったとしても、ゼロに代わる王としてフランシスがいる。そうすれば、ハイネの目的は果たされる。

「だから、引き続き帝王学の勉強は続けてほし……」

言葉が途切れる。お願いをしようとした時、振り返って見たフランシスの顔は——怒っていた。

「なに馬鹿《ばか》なこと言ってるんだ！」

「っ」

怒鳴るフランシスの声に、ハイネは頭の中をぶたれたような感覚がした。ただただ驚いて目を見開く。フランシスはずかずかとまた近づいてきて、窓際にハイネを追い詰めた。

「ちょっ、と……フランシス！　近いです！」

抗議するハイネの声を無視して、フランシスはハイネに詰め寄る。真正面に持ってこられた顔に、ハイネは戸惑い、顔をそらそうとするが、がっちりと両頬《りようほほ》を手で挟まれて動けない。

「フランシス、いい加減にっ……」

「そんな無責任な話があるかっ……きみが実権を握ると言ったんだろう!?」

「……そう、だけど」

「だったらきみは絶対に死ぬな」

その声と目力に、〝ああ……〟と力が抜けていく。この人は、私のために怒っているんだ。

そう思うと、全身の力がふわりと抜けて、軽くなっていく気がした。

「絶対に死ぬんじゃない。無理はするな。危なくなったら逃げろ。誰かの代わりに身を呈《てい》したりはするな。きみの本懐《ほんかい》は……きみが遂《と》げなきゃ、意味がないだろう」

怒気を孕《はら》んでいた声は、次第に悲しみに色を変えていって。自分がこの人を悲しませていると自覚すると申し訳なくなった。ハイネは、さっきまで彼を突っぱねようとしていた手をそっと背中へとまわす。

言葉を尽くして、ハイネの考えを改めさせようとしてくれている。決して命を粗末《そまつ》にしないように精一杯の言葉で。背中に当てた手のひらから伝わってくる体温や、すぐ傍にある苦しそうな顔に、ハイネは胸の奥底を解かれていく気がした。

「……そう。そうですね。私が遂げなきゃ、意味がない」

「そうだ。……きみが実権を握って、何をしたいのかは知らないが」

「ほんとだ。知らないくせに」

ふふ、と思わず笑ってしまう。知らないくせに、フランシスに〝本懐は自分で遂げなきゃ意味がない〟と言われ、妙に納得させられてしまった。笑って、「はぁ」と息をつくと、勝手に言葉が出てきた。

「国王になるって、想像以上に難しいことだったんですね……。ううん。お父様の子どもは私しかいないから、本当は難しいことじゃないんだけど。ただ、男に生まれなかったというだけで……王位は遠いものだったわ」

「……ハイネ？」

「どれだけ学を伸ばそうと、どれだけ戦果を挙げようと、誰も私のことなんて評価してくれない。〝女のくせに生意気だ〟って一蹴《いっしゅう》されるだけだった」

「……そうか」

今まで散々言われてきたことを思い出す。

〝王女様が、王位を継ぐため実力誇示《こじ》に躍起《やっき》になっている〟

〝お姫様は貪欲《どんよく》だ。女のくせに生意気だ〟

〝知恵ばかりつけて小賢《こざか》しい。綺麗《きれい》なドレスで、座って笑っていればいいものを……〟

そんな言葉でけなされても、決して貶《おとし》められない気持ちがあった。

抱きしめていたフランシスを少しだけ離し、その顔を覗《のぞ》き込む。「実権を握らせてほしい」とハイネが頼んだ時、彼は決して笑わなかった。笑わずに、ハイネの治世を見ていてくれると言った。

ハイネは、フランシスに見ていてほしいと思った。

「聞いてくれるかしら」

「……なに」

「私が、実権を握りたいと言った理由」

そう言って、ハイネは力なく微笑んだ。

「メルヘン乙女《おとめ》の妄想だって、笑わないでね」

そう前置きして語りだす。ずっと誰にも秘密にしてきた。アレンにさえも語らなかったこの理由を、なぜ今フランシスに言いたくなったのか。ハイネにはまだわからない。

＊

ハイネがフランシスに昔話をしているその部屋の外で、一人が、中の声を聴いている。今まさに語られているハイネの昔話は、彼女がとても幼い頃のことだったので、ところどころ記憶が曖昧《あいまい》で、細部は違っている。

シエラのほうはその時のことをはっきりと覚えていた。

＊＊＊

――いつかの昼下がり。ハイネがまだ四つの頃。シエラは塔《とう》から抜け出して、小さな娘と一緒に中庭に出ていた。

「シエラさん、なんでメイド服を着ているの？」

幼い娘は不思議に思ったことを何でも訊《き》いてくる。でもまさか〝あなたと遊ぶために変装してるのよ〟なんて言えない。その答えは、彼女にまた新しい不思議をつくってしまうだろう。

「メイドのフリをして、みんなを騙《だま》しているのよ。私は悪い魔女だから」

「ふぅん……？」

ふぅんって……。

魔女のことを何とも思ってないところまでゼロにそっくりで、シエラはうなだれた。――その一方で。蝶《ちょう》を追いかけ、花を美しいと愛《め》でる娘の姿を眺《なが》めている。こんな幸福が自分の身に訪れるなんて思わなかった。全部嘘《うそ》で、夢だと言われても納得してしまいそうだ。

夢……と思い浮かべて、愛《いと》しい娘の未来を思う。有限な輝かしい未来。

「ハイネは、将来何になるのかな？」

「うんとねぇ、うんとねぇ……」

　一生懸命、まだほとんど知らない世界の中での、自分のことを考えている。

「うーん……お城の中にいるかな……？」

「……そっかぁ。あなた、お姫様だものね」

　娘の身分を、シエラは改めて考えた。そこらの娘のように自由ではないのだ。かわいそうなことを訊いてしまった。何不自由ない暮らしが約束されているとはいえ、それは本当に幸せなことなんだろうか。もしかしたら、この城の外で生きたいと願う日がくるのかもしれない。

　そしたらその時だ。国王が年老いることのないこの異様な国だからこそ、もしかしたらこの子は自由に生きられるのかもしれない。

　シエラがそんなことを考えていると、小さなハイネはメイド服の裾《すそ》を引いてきた。

「なぁに？」

「シエラさんの夢は？」

「……私？」

　予想外の質問に面食らった。自分の夢だなんて考えたこともない。夢は、限りある時間の中で生きる人間が持つものだ。

「そうねぇ……私は、別に……」

ない、と言いかけて、それじゃあ教育的にもあんまりかしらと思いとどまる。あえて、答えを絞り出すなら……決して叶わないけれど、一つだけ、願いはある。

「いつか、私もゼロも、二人とも歳老《とし》いてね。皺皺《しわしわ》になって、ゼロも王様から隠居《いんきょ》して、エスティードが抱える問題も綺麗に片づいた頃に……。〝いろんなことがあったね〟って、庭園で手を繋《つな》いでひなたぼっこするの。それが夢かな」

娘は不思議そうな顔で見上げてくる。意味なんて理解できないだろう。四歳のこの子には。だけどそれでよかった。そうでなければ、誰にもこんなことは打ち明けられない。

「夢だったんだけど……叶わなくなっちゃった」

こんなこと、自分のために呪われてくれた夫にどうして言えるだろう。

だけどハイネは、四歳にしては賢く、記憶力がよかった。

城内では色々な噂《うわさ》が囁《ささや》かれる。幼い彼女の耳にも、心無い噂は入ってしまう。

＊＊＊

部屋の中のハイネは、フランシスに語る。

「城の中に流れる噂は散々だった。〝この国は悪い魔女に乗っ取られている〟とみんなが嘆《なげ》いているし、それを許しているお父様のことも、みんな陰で馬鹿にしていて。私の大切なものが全部否定されてる気がして、息苦しいったらなかったの。……それでもあの日の、寂しそうなシエラさんの顔だけが、私にとってすべてだった」

周りや、世間の、噂や評価。

そんなものに流され翻弄《ほんろう》されても、大人になった彼女が剣を抜く理由は、今も昔もそれ一つ。

＊＊＊

幼いハイネは、言ったのだ。

「――じゃあ、わたしがえらくなる」

「え？」

「えらくなって、王様になる」

はっきりとそう明言した娘に、ただただシエラは驚いた。

「そうしたら、お父様はご隠居でしょう？　シエラさんと二人でひなたぼっこできるのでしょう？」

「ハイネ……」

「わたしが、えらくなるよ」

シエラは泣きそうなのを必死で堪《こら》えて、娘に返事をした。

「……うん、ありがとうハイネ。――待ってるね」


――これはとある小国の、十八歳の家族を取り巻く物語である。

了

あとがき

はじめまして、時本紗羽《ときもとさわ》と申します。

このたびは『今日も魔女を憎めない　思惑だらけのロイヤルウェディング』をお手に取っていただき、ありがとうございます。

今年二月にオレンジ文庫『今夜、2つのテレフォンの前。』でデビューし、本作が二作品目となります。デビューできたことも驚きですが、伝統あるコバルト文庫で自分が書かせていただけるとは思わず、ずっと恐縮しきりです。そして、やっぱりとても嬉《うれ》しいです……！


このお話は私が高校生の頃、創作ノートに書き溜めていたネタの中の一つでした。その頃はまだ長編小説を一作品書き切る力がなく、私が一人で妄想し、私の中だけで終わっていた物語なので、それが今回こうして人様に読んでいただける形になったことが感慨《かんがい》深いです。

そんな十数年来の物語に、今回イラストをご担当くださった藤未都也《ふじみつや》先生が素晴らしいビジュアルを付けてくださいました！　十八歳の姿のまま歳《とし》をとらない魔女シエラと、同じく十八歳の姿のまま歳をとらない国王ゼロサムですが、表紙の意味深な気迫に圧倒され……！

このお話では〝王室にまつわる噂《うわさ》と、実際のところ〟のギャップを描いたつもりなのですが、本当にぴったりの表紙にしていただいたと思います。物語序盤の〝国王は魔女の力に恐れをなして言いなり〟という噂にも合致していますし、一方で、シエラとゼロの本当の関係性がわかったあとに見てもしっくりくる表紙です。

こんな素敵な表紙を付けていただけるなんて、高校生の私に言ってもきっと信じません。笑〝自分には書けない〟と諦《あきら》めなくてよかったです！　本当にありがとうございました。

読んでくださったあなた様にも、物語の読み始めと読み終わりで表紙のシエラとゼロに違った感想を持っていただけていたら幸いです。


本作の発売にあたってお世話になった担当様、編集部の皆様、お力を貸してくださったすべての方に感謝を申し上げます。ありがとうございました。

最後に、ここまで読んでくださったあなた様に最大級の感謝を込めて。貴重なお時間を本当にありがとうございました！　またどこかでお目にかかれますように。

時本　紗羽

※この作品はフィクションです。実在の人物・団体・事件などにはいっさい関係ありません。

ときもと・さわ
兵庫県出身。『今夜、２つのテレフォンの前。』で2017年度ノベル大賞佳作受賞。同作品で集英社オレンジ文庫より文庫デビュー。

今日も魔女を憎めない

思惑だらけのロイヤルウェディング

COBALT-SERIES

2018年９月10日　第１刷発行

★定価はカバーに表示してあります

著　者　時　本　紗　羽
発行者　北　畠　輝　幸
発行所　株式会社　集　英　社
〒101－8050
東京都千代田区一ツ橋２―５―10
電話　【編集部】03-3230-6268
【読者係】03-3230-6080
【販売部】03-3230-6393（書店専用）
印刷所　図書印刷株式会社

ISBN978-4-08-608078-1 C0193

コバルト文庫
好評発売中
流した涙が真珠に変わり、処女を失うとその力をなくす真珠姫。真珠姫になってしまったセシリアは、強欲な公爵に形ばかりの婚姻関係を強いられていたが…？
高山ちあき
イラスト／白谷ゆう
真珠姫の再婚
真珠姫たちの波乱のラブロマンス